Carola luglio 2019

W0400701

© 2018 Giulio Einaudi editore s.p.a., Torino
Published by arrangement with Susanna Zevi Agenzia Letteraria, Milano
www.einaudi.it

ISBN 978-88-06-23825-4

Cristina Comencini

Da soli

Einaudi

a Anna

Da soli

Vivere insieme a me
hai ragione, ragione te
non è mica semplice
non lo è stato mai per me
io che ci credevo piú di te
che fosse possibile
e smettila di piangere
siamo soli.

VASCO ROSSI

Ma non è l'assenza che provoca dolore. Sono l'affetto e l'amore. Se non ci fosse affetto, se non ci fosse amore, non ci sarebbe il dolore dell'assenza. Per questo anche il dolore dell'assenza, in fondo, è buono e bello, perché si nutre di quello che dà senso alla vita.

CARLO ROVELLI, *L'ordine del tempo*.

Inverno

Marta

1.

C'è una scrittura femminile in me che mi fa cominciare cosí: voci nella casa in vacanza, in ogni camera dormono due o tre bambine, coppie di adulti. Escono persone da ogni porta, costumi, ciabattine, magliette. Ci si prepara per il mare.

«Il costume è steso fuori, ho fatto tre frittate di pasta, bambine smettetela di urlare, pettinati, prepara la cesta, niente giochi al mare, legati i capelli, lavati la faccia, non litigate, entrate in macchina, le bambine nel bagagliaio, chiudete le porte, andiamo».

E poi c'è una scrittura maschile, piú razionale:

Un tempo le case erano abitate da molte persone, ci si litigava il bagno per stare soli, si malediceva la sorella che rubava la tua camicetta stirata, il libro, la penna, ci si affacciava alla finestra per fumare e restare nei pensieri. Quando eravamo malati, avevamo il diritto di mangiare a letto, da soli, col vassoio. Da sani eravamo obbligati a pranzare tutti insieme, a rubarci le patatine, a litigare, a urlarci addosso. «Fate silenzio» era un intercalare degli adulti, nessuno ci credeva. Le telefonate eterne col ragazzo erano interrotte sempre da grida e spie. Non ci si lasciava mai in pace. La vita era una trafficata convivenza.

Questi due modi della mia scrittura: quello femminile, piú intimo, in cerca di nuove sensazioni che sono ancora senza parole, e quello maschile, ereditato da millenni di cultura dei padri, si affiancano, si accavallano, armonici o in conflitto: sono entrambi io. Cosí è per il dolore, la gioia, l'intelligenza, la stupidità: sono doppia per definizione, ho due valigie da portare, non una sola come gli uomini.

Cominciamo cosí, allora:

Un giorno di tanti anni fa fumavo sul ponte della nave, sola. Non lo ero in realtà: il mio fidanzato era sparito in cerca di una cabina dove fare l'amore. Era la nostra fuga insieme, entrambi sposati, eravamo pronti ad abbandonare i nostri coniugi per non lasciarci mai piú. Mai piú, mai piú. Un ragazzo della mia età si era avvicinato:

«Hai una sigaretta? Posso fumarla con te?»

Un rimorchio al volo.

– Te lo ricordi?

Piero e io siamo seduti in auto, mi ha riaccompagnata dopo una delle nostre serate da separati.

– Certo che me lo ricordo! Poi però è arrivato Andrea... Io sono la pietra miliare dell'inizio della vostra storia, e voi della mia con Laura.

Tiro fuori le chiavi di casa dalla borsa.

– Già, e mi chiedo come mai mi rimorchiavi mentre Laura ti aspettava sul ponte di sotto. Il vostro problema era già tutto lí.

Piero mi guarda.

– Credi che siano stati i tradimenti? Ti sbagli. La verità è che Laura ha amato la nostra vita in comune, i figli, ma non me. È per questo che sono andato via.

– Te, i figli, la vostra vita in comune, difficile capire la differenza. Comunque ora siamo soli, ognuno nella propria casa. Apriamo la porta, silenzio. Veniamo tutti da case piene di voci, di richiami, di urla, di zie, nonni, nipoti, cugini, e ora viviamo nei nostri piccoli eremi.

Piero sospira.

– La convivenza è difficile.

Apro la portiera.

– Eppure prima sembrava una condizione naturale dell'essere umano.

Scende dall'auto e prima di abbracciarmi mi sussurra:

– Forse non lo era.

– Forse non lo è la solitudine.

Ride.

– Credi che non lo sappia, anche tu sei cresciuta in una famiglia numerosa.

Lo guardo.

– E perché tu no? Te e i tuoi fratelli vi rubavate il cibo nel frigorifero.

– Che era sempre vuoto. Comunque, Marta, sei tu che gli hai detto di andarsene, no?

Annuisco. La notte è silenziosa e lo sarà anche la casa.

– Nell'ultimo anno mi sembrava di soffocare, entravo in casa dopo il lavoro e non sapevo dove mettermi, come se non ci fosse piú uno spazio solo mio. Da quando sono sola, mi sento tranquilla. Vuoi salire a bere un whisky?

– No, domani devo svegliarmi presto.

Ci scambiamo un bacio. Bang, il portone si chiude dietro le mie spalle.

Su una rivista ho letto che i vecchi cortili comunitari di Pechino, gli hutong, non vengono piú distrutti per costruire grattacieli, ma restaurati e riadattati in social housing, studi creativi, negozi di moda, micro ristoranti, bar. Nei poveri hutong, come nei bassi napoletani, la vita era un fiume: sale, riso, pasta, bambini, sapone, acqua, padelle, odori, puzze. La povertà genera convivenza, l'agio e le separazioni individualismo e silenzio. Chissà se prima o poi restaureranno allo stesso modo i quartieri popolari di Napoli.

Mi spoglio e penso agli artisti nei vecchi hutong restaurati. Per scrivere serve il silenzio fuori ma la vita dentro. L'artista cinese, nella sua casetta ora di legno lucido, con gli infissi restaurati, le finestre di cristallo, chiude gli occhi e cerca le imperfezioni, gli odori e le grida svanite dei vecchi cortili, come me, che ho scelto di stare sola, ma sento le voci della mia grande famiglia ora dispersa.

Anche Piero è solo nel suo appartamento ammobiliato, mette la sveglia perché domani si alza presto. Prima di chiudere gli occhi saluta da lontano i tre figli ormai cresciuti, e Laura, nella loro vecchia casa, in cui anche lei occupa un solo lato del letto.

Il nostro mondo è fatto di separazioni, di individui liberi e soli. Lo sarà sempre di piú. Forse si resterà insieme fino alla crescita dei cuccioli, come in alcune coppie di animali, e poi tutti in mare aperto, incrociando ogni tanto qualche altro nuotatore, ci si ferma per un po' a riposare su un'isola, per poi riprendere a dare bracciate, immersi nei pensieri solitari, tra messaggi silenziosi, qualche rara telefonata, senza voci.

L'essenziale è non avere una sola vita, non chiudere gli occhi con l'idea di una linea continua: una storia dall'inizio alla fine è la morte. Forse ho avuto paura di questo.

2.

– Ieri notte non dormivo, mi giravo nel letto con un dolore al cuore fortissimo, pensavo: niente piú colazione insieme la mattina, niente piú cene o serie in televisione, niente vacanze, viaggi, sesso, niente insieme. Mi sono messa sulla pancia e l'ho sentito: questo maledetto coso duro sotto il seno.

La interrompo.

– Laura, ascolta, è infinitesimale, te lo tolgono e non se ne parla piú.

Laura si alza, passeggia nel salotto pieno di libri, di giochi di bambini che non si sa perché sono lí dato che i figli hanno piú di vent'anni. Ma Laura non butta via nulla, né i giochi né la sua vita con Piero.

– Non mi interrompere, Marta! Non mi interrompere! Che cosa vuoi che me ne freghi di questo cazzo di infinitesimale sassolino. Non capisci cosa ti sto dicendo? Proprio non lo capisci?

Scuoto la testa.

– Il mio corpo ha detto no al posto mio. Siamo stati insieme tanti anni, ok, i figli sono cresciuti, ok. Dormivamo in camere separate, ok. Ma è la convivenza che mi mancava ieri notte, proprio quella che gli fa orrore, che oggi in fondo fa orrore a tutti. Anche a te, no?

Sospiro.

– Non è che mi fa orrore, se finisce l'amore, ci si lascia, la convivenza è l'ultimo dei problemi. O forse sí, non la sopportavo piú.

All'improvviso Laura si siede e piange, ha il respiro corto.

– Come puoi dire questo? Amore, amore! Non è niente in confronto a due tazze della colazione invece di una.

Le vado vicino, l'abbraccio.

– Non glielo hai detto che hai questa cosa?

Fa segno di no.

– Non voglio che lo sappia, che si proponga di starmi vicino ora, dopo che se ne è andato.

– Chi ti accompagna a Milano? L'hai detto a tua sorella? Ai figli?

– A nessuno, solo a te. So che vi vedete con Piero, ma non glielo devi dire, promettimelo.

La stringo, è piccola, magra, cerco di farle sentire il calore del mio corpo, ma so che vorrebbe essere nelle braccia di Piero.

– Ti accompagno io a Milano?

Annuisce, si asciuga gli occhi.

– Grazie, sí. Poi lo dirò ai figli, ma per il momento voglio vivere questa cosa da sola.

Si alza.

– Vieni, andiamo a farci un caffè.

Attraversiamo il salotto con tutti i suoi ricordi. Mi vengono incontro feste di compleanno dei bambini. Palloncini colorati inseguiti da gnomi mascherati. Urla, applausi, canti. Siamo circondate da vestigia. Su un ripiano della libreria, c'è una candelina rossa consumata a metà. Pesci di vetro con le code rotte appesi a una parete, oggetti insensati, ma cosí importanti per lei. Io ho gettato tutto tre mesi dopo che Andrea è andato via.

In cucina apre il barattolo del caffè con dei disegni infantili di farfalle. Laura organizzava laboratori per i nostri bambini, carta colorata, forbici, colla. È un'insegnante, sapeva tenerli occupati: i suoi tre, i miei due.

– Come sta Andrea?

– Non lo so, non ci vediamo. So che è andato a cena

con Piero, non capisce la mia decisione, non gli avevo detto nulla del mio malessere, si sente tradito.

Avvita la macchinetta, non mi guarda.

– E tu, l'hai capita la tua decisione?

La domanda prima o poi doveva arrivare.

– Non del tutto, so solo che avevo bisogno di una nuova vita.

Laura alza lo sguardo su di me, ha degli occhi bellissimi, neri, di velluto, ora il bianco è arrossato dal pianto.

– Una nuova vita... e di quella vecchia che te ne fai? Quanto è durata? Trent'anni, come la nostra. Dal giorno in cui ci siamo incontrati sulla nave...

Sorrido.

– Con Piero ce lo siamo ricordati da poco. Sul ponte, mi aveva chiesto una sigaretta, e tu dov'eri?

– Mangiavo un panino, luna piena, vento, vacanza, felicità.

Non mi farò prendere dalla sua malinconia, niente pianti, ho deciso io di lasciarlo. Accende il gas e dice, come mi avesse letto nel pensiero:

– Hai ragione, meglio non riesumare ricordi, ora mi devo curare, pensare solo a me.

– Ottima decisione!

Mi guarda ironica.

– Lo dicono tutti: «Pensa a te». E che vuol dire? Ci pensavo molto bene a me, prima di questa cosa, a me, a lui, al lavoro, ai figli, al nipotino che sta per arrivare.

– Quando partorisce Lucrezia?

– A fine agosto.

– Esci con qualcuno, Laura?

Ride.

– Altra domanda canonica. No, ancora no, e tu?

– Sí, c'è una persona che mi interessa, ci siamo incontrati prima della separazione e questo mi rassicura.

– Perché?

– Non so, perché non c'è la fatica di raccontarsi proprio tutto forse, e poi ha un legame con la mia vita precedente.

– Ah, allora non è proprio una vita nuova nuova...

Il nuovo nel vecchio, come negli hutong cinesi restaurati, forse è quello che cerco. D'altronde è il mio mestiere, trasformare case, sgombrare tutto, rifare da capo, anche se le mura e le finestre sono sempre le stesse. Quando lavoro negli appartamenti del centro, mi pare che i vecchi infissi ridano dei miei sforzi. «Fai, fai, non sai quanti cambiamenti abbiamo già visto».

Guardiamo in silenzio la caffettiera sul fuoco. Laura tira fuori le tazzine e va dietro un pensiero.

– Sai, Marta, finché Piero era qui, non ho mai avuto paura della morte. La nostra vita mi pareva una costruzione invincibile, e la fine della nostra vita individuale una cosa semplice e naturale. Ora invece ho paura di morire. È la mancanza di felicità che mi fa venire paura della morte.

– Forse anche perché hai scoperto di avere questa cosa...

Sorride.

– No, non è per questo, non morirò per questo piccolo nodulo al seno, lo so, ne sono certa. La fine del nostro matrimonio mi sembra una piccola morte.

Il caffè inizia a salire con irruenza.

– Io credo di aver messo fine al mio per la ragione opposta, avevo bisogno di un cambiamento, mi sembrava di morire.

Laura spegne il fuoco e mi dice:

– Winnicott lo psicanalista chiedeva a Dio la grazia di morire pienamente vivo. Bello no?

– Sí, si tratta solo di capire cosa ci fa sentire pienamente vivi...

Ride, versa il caffè nelle tazzine. Mi guardo intorno.

– Quando vorrai, ti rifaccio tutta la casa, colori alle pareti, gettiamo ninnoli e fotografie, letto nuovo, cucina...

Laura mi interrompe.
– Grazie, ma l'unica cosa che mi fa ancora un po' felice è vivere qui.

3.

Ovviamente Andrea mi viene dietro in ogni posto in cui vado. Dicono che il tempo fa scomparire gli ex, che poi te li ricordi ogni tanto, sporadicamente. Cosí è successo col mio primo marito, ma siamo stati sposati per poco tempo. Noi abbiamo due figli in comune e trent'anni di vita, milioni di pensieri pensati insieme. Cosí me lo porto dietro dappertutto. In una lunga telefonata, Piero mi ha raccontato della loro cena.

– È dimagrito, Marta, ha sofferto. Non te lo dico per farti venire i sensi di colpa, tu mi chiedi come sta e io te lo dico.

Mi irrigidisco.

– Non ti preoccupare, sono abbastanza impermeabile ai sensi di colpa.

– Beata te, io non ci dormo la notte.

– Hai un'altra donna, Piero, dimmi la verità?

Un silenzio.

– Ok, allora perché non lo dici a Laura, la libereresti. Perché inventi tutte quelle storie sul fatto che non ti sentivi amato da lei?

– Perché questa è la vera ragione per cui me ne sono andato. E poi lei i miei tradimenti non li hai mai saputi.

Rido.

– Figurati, Laura è troppo intelligente.

Sbuffa.

– Senti, Marta, vuoi sapere di Andrea o di me e Laura? Sposti sempre il discorso su noi due…

– Ok, scusa, vai avanti.

– Nella casa che ha affittato non c'è nulla, solo la vostra fotografia su una nave e altre due dei figli. Lavora, la sera sta a casa, riflette, pensa, soprattutto a te, a quello che ti è successo quella notte di sei mesi fa, quando gli hai detto di andarsene.

– Veramente gli ho detto che me ne andavo io.

– Non è questo il punto. Dice che siete stati insieme d'amore e d'accordo fino alla sera prima e poi di colpo non hai piú voluto vederlo. È molto turbato dal cambiamento, e anche io se devo dirti la verità.

– Quando ci siamo visti a cena, mi pareva che tu lo capissi.

– Ma la mia situazione è completamente differente: Laura e io dormivamo in camere separate, da molto tempo non parlavamo. Per lei andava bene cosí, la convivenza, i figli che ci venivano a trovare, il nipote, per me no. Ma voi stavate insieme veramente, o almeno era un'ottima imitazione dell'amore.

– Senti, Piero, devo attaccare.

– Fuggi, come sempre.

Cammino furiosa per la strada. E se gli dicessi che a Laura è venuto un tumore dopo la sua decisione di separarsi, presa esattamente un mese dopo la mia? Che incredibile storia la nostra, eravamo tutti e quattro su quella nave, tanti anni fa, e ci separiamo insieme ora. Mi fanno tutti la stessa domanda, i figli, le mie amiche e ora anche lui. Com'è possibile che tu sia cambiata cosí, da un giorno all'altro? Ci sono cose che non si possono spiegare, succedono. Da mesi cresceva il disagio: tornavo a casa, un bacio sulla porta, andavo a cambiarmi in camera sapendo di dover andare in salotto, di dover chiacchierare delle cose che avevo fatto nella giornata, del suo lavoro. Usciamo stasera? Mi stendevo sul letto, respiravo. Da dove viene quest'angoscia, che ci faccio qui? Dove sono io? Pensavo ad Andrea di là che mi aspettava e mi veniva da piangere. Mio padre, quando ero bambina, ci ha mollato cosí, da un giorno all'altro. Non l'ho mai voluto rivedere. Neanche ora che so che sta male e l'ultima compagna l'ha lasciato, so che è a Parigi, da solo. Che ci resti. L'ho odiato cosí tanto e ora faccio la stessa cosa? Respiravo, stesa sul letto, prendevo tempo. Poi la mattina, al risveglio, mi giravo piano, Andrea dormiva ancora o almeno sembrava. Uscivo dalla stanza e mi godevo la colazione da sola, le luci del mattino. Mi rimproveravo: sei tu la pazza, è l'amore della tua vita, avete tirato su due figli, viaggi, vacanze, letture, lavoro, pensieri, corpo. E ora che i figli sono fuori, ora che potresti godere il risultato di questa rara, faticosa costruzione, vorresti buttarla giú tutta, svuotarla, come svuoti le case.

Sempre di piú mi capita di arredare appartamenti dove vive una sola persona. Il cassiere del supermercato mi ha detto che le ditte ora fabbricano confezioni singole, uno di tutto. Forse è una malattia contagiosa. Prima progettavo camere per bambini, per tate, per ospiti e il problema era sempre farci stare dentro tutto. In ogni casa manca sempre un camera, diceva Natalia Ginzburg. Ora studio il massimo benessere per il singolo: come si vuole lavare, mangiare, lavorare, scopare. L'uomo con cui esco vive da solo da vent'anni. È stato sposato, ha avuto figli e relazioni piú o meno lunghe, mai piú convivenza. Ci eravamo incontrati a una cena, e gli avevo parlato del mio lavoro. È un imprenditore agricolo italo-israeliano. Esporta in Italia i nuovi sistemi di irrigazione inventati per i terreni a scarsità d'acqua. A quella cena mi spiegava, muovendo nell'aria le grandi mani, di come si può raccogliere la rugiada per innaffiare le piante. Mi era sembrato un uomo allo stesso tempo pratico e poetico. Alto, con occhi chiari e ironici, ne ero stata attratta. Viveva a Tel Aviv ma ora voleva comprarsi una casa a Roma. Avevamo in comune un lavoro concreto e la passione per le case. Con la stessa verve mi aveva descritto quella di Tel Aviv, nella città bianca, un appartamento Bauhaus, di cui andava fierissimo. Io a Tel Aviv non ero mai stata. Ci eravamo scambiati i numeri di telefono. Emanuele mi aveva richiamato mesi dopo, quando mi ero già separata da Andrea, e mi aveva chiesto con entusiasmo se potevo andare a visitare una piccola casa che si era appena comprato nel quartiere Coppedè.

– Ma come, tu che ami il vuoto razionale del Bauhaus, ti sei comprato un appartamento liberty, con bifore, balconcini, statue, archi e finti stemmi gotici?

Aveva riso.

– Ci si stufa di tutto, Marta, anche della perfezione razionale del Bauhaus. Ora dobbiamo arredarla.

Aveva detto «dobbiamo». Mi aspettava, mordicchiando un sigaro, sotto il portone carico di ornamenti e animali di pietra. Il vuoto dell'interno contrastava con l'horror vacui dell'esterno. Ci aggiravamo nelle tre stanze, con i segni alle pareti dell'arredamento di chi ci aveva abitato, cercando di staccarcene il piú possibile. Emanuele parlava molto, troppo, e poi aveva taciuto di colpo e mi aveva abbracciato. Le sue mani si infilavano sotto la gonna, mi stringevano il seno. Era la prima volta che facevo l'amore dopo una lunghissima fedeltà e sentivo anche il ridicolo di farlo lí, in un appartamento vuoto, come i due amanti del film di Bertolucci. Ma Emanuele non era disperato come Marlon Brando.

A cena mi aveva confessato che scopava solo con donne sposate o già impegnate, che non si sarebbe sposato mai piú, né avrebbe mai piú convissuto o fatto coppia. Avevo riso.

– Mi dispiace ma questa allora è stata un'eccezione, mi sono separata da quattro mesi.

Aveva riso anche lui.

– Be', non si può calcolare proprio tutto.

Decidemmo di arredare la casa conservando il vuoto della nostra prima scopata. Da allora ce ne erano state altre, nel nuovo appartamento e anche nel suo albergo. Nella casa di Andrea e mia, mai.

Uno dei nostri principali argomenti di conversazione era la mia separazione. Ma non ero io a proporlo. Per qualche ragione misteriosa lui mi interrogava. Forse voleva rimetterci insieme per fare rientrare la nostra relazione tra quelle autorizzate dal suo codice amoroso. Ma c'era anche la curiosità che riguardava la mia decisione improvvisa, che lui al contrario degli altri capiva benissimo.

– Le mie due mogli mi hanno lasciato, non riuscivo a starci, a dedicarmi, a vivere la vita in due. Viaggiavo, mi inventavo appuntamenti di qui e di là, alberghi, case, tenevo sempre aperta la possibilità di fuga. E loro alla fine, non ce la facevano piú.

Gli avevo raccontato della scomparsa di mio padre, e lui della sua famiglia originaria che viveva in Israele.

– Piú che una famiglia era una comunità di parenti, fratelli di mio padre, sorelle di mia madre, cugini, nipoti. Non ho mai dormito da solo in tutta l'infanzia.

Avevamo parlato dei figli.

– In fondo la famiglia oggi è questo: genitori single con figli, – mi aveva detto.

La femmina viveva a Tel Aviv, il maschio in America.

– Anche i miei sono fuori, Elisa sta finendo il dottorato a Perugia. Antonio lavora a Bruxelles. Ce l'hanno con me, ovviamente, vedono il padre soffrire. Elisa in particolare pensa che io sia impazzita: tutta la vita a odiare tuo padre e ora fai la stessa cosa. Non so risponderle, in fondo ha ragione. A Pasqua viene a Roma e sono già angosciata all'idea. Non posso incontrare neanche mio marito, non saprei cosa dirgli. Hanno ragione, tutti, non so spiegare, non voglio. Stavo male.

Emanuele mi ha guardato con i suoi occhi chiari e ironici.

– E ora stai bene?

Ci ho pensato.

– Non ho piú l'angoscia, allora posso dire che sto bene, no? E tu?

– Né bene né male, sono io.

Andrea

4.

Questo cazzo di specchio piccolo e malfermo. Mi tocca farmi la barba in questo bagno di merda. Sempre troppo buono, troppo generoso. Te ne sei andato tu, come un cretino. Mi guardo allo specchio, non mi riconosco: pallido, gli occhi da pazzo. E non riesco a odiarla. La vedo mentre si addormenta accanto a me, le cosce magre intorno al mio corpo, la sua fica, i seni piccoli e attaccati. Maledetti ricordi. Il seno gonfio appena aveva partorito, non le usciva il latte, Antonio era nato prematuro e non aveva la forza di tirare, l'ho fatto io. Squarci di dolore e immagini, in montagna, al mare, risate, baci. Come ha potuto dimenticare tutto? Come può vivere senza pensarci? Ho eliminato tutte le fotografie nel cellulare, ma in una di Elisa sulla spiaggia è rimasta, piccola, giú in fondo. L'allargo per guardarla, non è neanche venuta bene. È carina, Marta, un bel corpo, il viso irregolare, gli occhi verdi bellissimi. Ma può essere brutta, sgraziata e goffa. E allora mi piace anche di piú, perché è lei e solo io vedo che è lei. Non devo pensarci: barba, camicia pulita, lavoro. Torno qui la sera con il pacchetto della rosticceria e mi faccio pena da solo. Esci, trovatene un'altra, sei un bell'uomo di sessant'anni, ne puoi trovare quante ne vuoi. Niente, mi va di stare da solo a pensarci, a cercare di capire. Colleziono maniacalmente ricordi degli ultimi mesi, per svelare gli istanti in cui si nascondeva quella decisione improvvisa. Poche parole:

– Sto male, non posso piú stare con te. Non so spiegartelo, devo restare sola.

Non dovevo andarmene, avrei dovuto insistere: parliamo. Ma la conosco, Marta non ama le spiegazioni, prende e esce. Chiude. Tutta la vita, Andrea, hai avuto paura che succedesse questo. Pensavi a suo padre, anche se lei lo odiava. Mai farei una cosa del genere, mai, diceva. Quando gliel'ho ripetuto, la mattina dopo, mentre facevo la valigia e mi si annebbiavano di lacrime gli occhiali, e me li pulivo velocemente per non farglielo vedere, mi ha risposto: – Lo odio ancora, forse odierò anche la parte di me che gli somiglia, ma sto male e non posso fare altrimenti.

Le ho chiesto se aveva un altro, mi ha giurato di no. Ci credo, ma poi immagino che mi abbia mentito, forse ora porta qualcuno nella nostra casa, nel nostro letto. E non riesco a odiarla, invece odio l'uomo che sono perché lei lo ha lasciato. Non c'è nessuno con cui posso parlarne. Amici, amiche, ogni volta che racconti, proiettano le loro vicende coniugali e applicano le loro ricette a te. Niente crea maggiore identificazione di una separazione, cosí ti tocca sorbirti per tutta la cena le storie sentimentali di chi voleva tanto aiutarti. Ho deciso di non vedere nessuno, semmai persone nuove che non mi conoscono e che non sanno nulla della mia situazione. Fatta eccezione per la cena con Piero, che era inevitabile. Già quando l'ho visto arrivare in ritardo, con la sua aria leggera da eterno ragazzo, mi sono innervosito e ho pensato che l'avrei mandato a quel paese. Non ci sono riuscito con Marta, ma forse con lui mi avrebbe fatto bene. Mi ha abbracciato. Cercava di tenere l'atmosfera brillante, gioviale. Com'è la tua nuova casa? Come va il lavoro? Come l'hanno presa Elisa e Antonio? Lí, non ho retto.

– E i tuoi, Sandra, Francesco, Lucrezia, cosa hanno detto di te che hai lasciato Laura?

– Be', sai tra noi non andava tutto liscio come tra voi. Un po' erano preparati, anche se ci sono rimasti male. Ma hanno la loro vita.

Ho appoggiato la forchetta sul piatto. Non ho fame, sono dimagrito, il vantaggio è che non ho piú la pancia.

– Vogliamo parlare veramente Piero, per questo immagino tu mi abbia chiamato, non per dire cazzate, vero?

Ha annuito serio.

– Non lo so cosa abbia fatto decidere Marta, ci sto ragionando su, forse anche troppo. Trent'anni insieme, mi sono annoiato moltissime volte, ho goduto nei viaggi da solo, nel restare in città quando lei era al mare con i figli, uscire con amici, scopare una collega durante un viaggio senza farglielo sapere, e lei mi ha dato sui nervi un milione di volte e abbiamo discusso, litigato e ho pensato di lasciarla. E poi c'è il rovescio di tutto questo che non ti dirò perché non voglio essere sentimentale e perché tu lo hai vissuto nella tua vita e l'hai visto nella mia. Io non sono buono, non sono la vittima, non ho ragione. Sento solo le cose in un altro modo. Lei rifiuta di noi quello che a me manca piú di tutto: la conoscenza profonda l'uno dell'altra. Conoscersi è una difficoltà gigantesca, Piero. È lo specchio della convivenza. Altro orrore di Marta, forse tuo, dato che te ne sei andato. Ma non bisogna darla per scontata la conoscenza: c'è sempre un momento, che sia un anno speciale o dopo un avvenimento irrilevante, in cui realizzi che hai cominciato a nasconderti. Non so se mi segui. È capitato anche a me: non vuoi consegnarti tutto alla storia comune, cerchi di tenere dentro di te una zona inaccessibile, solo tua. La custodivo dentro di me. Pensavo: se anche se ne andrà, come ha fatto il padre, io avrò quella parte che lei non ha mai toccato, posso salvarmi. Cosí non è stato, era troppo piccola rispetto alla lunghezza di quella vissuta insieme. Invece Marta ha fatto l'opposto: la sua zona nascosta è diventata sempre piú grande negli anni, piú stavamo insieme e piú nascondeva.

Come succede sempre, Piero ha iniziato a parlare di Laura e della loro vita, dei suoi tradimenti, della vocazione a fare la madre di lei, quasi i figli venissero sempre prima, dell'inesistenza finale della loro vita di coppia. L'esatto contrario: noi ne avevamo troppa e loro troppo poca.

Odio questa casa anonima e anche la amo, perché non contiene niente di noi due, tranne le tre fotografie che alla fine ho dovuto rivoltare verso il muro. I figli chiamano, mi scrivono: tieni duro, ce la farai, trovati un'altra. Vorrebbero risolvere subito tutto e stare in pace. Non ho voluto dare l'idea del padre lasciato. Nella mail ho scritto:

«La decisione di mamma ha forse anticipato un disagio che sentivo anche io, non dovete criminalizzarla. I problemi in un matrimonio sono sempre di tutti e due. Statene fuori il piú possibile, lasciateci soli a capire».

Poi la sera, quando mi telefonano, sentono la tristezza della mia voce, non il senso rassicurante delle parole. Soprattutto Antonio, che porta con me il vessillo della virilità offesa. Ma non mi preoccupo per loro, solo per me: come ne verrò fuori? Quanto tempo mi ci vorrà per non sentire piú la perdita della nostra vita comune?

Il lavoro mi salva, resto in ufficio finché la donna delle pulizie non mi caccia. Penso a Laura ogni tanto, mi verrebbe voglia di chiamarla, ma non ho voglia di rispecchiarmi in lei: i due mollati. Non l'ho mai conosciuta veramente, vedeva Marta, parlavano di bambini, di scuole. Laura è l'opposto delle donne che mi interessano. In fondo capivo la fobia di Piero per la casa sempre piena di ragazzini, di giochi, di compiti, di discorsi su di loro. Marta è molto diversa da lei, ha fatto la madre ma senza enfasi, come fosse un lavoro temporaneo. Ma una volta, all'inizio delle nostre storie coniugali è successa una cosa, tra Laura e me. Non abbiamo mai voluto ricordarla, mi è tornata in mente ora dopo un sogno.

Nel sogno, eravamo su quella nave in cui ci siamo incontrati tutti e quattro, ma stranamente navigavamo a marcia indietro. Perché, mi chiedevo, dove stiamo tornando? E Laura mi era comparsa davanti, tutta allegra, con un panino in mano, esile e ragazza. «Stiamo tornando in porto, Andrea, alla partenza», mi aveva detto ridendo, come fosse chiaro e scontato il perché.

A casa vedo molte serie in televisione prima di addormentarmi sul divano. A Marta non piaceva: «Se hai sonno, perché non vai a letto?» Perché a letto non è come sul divano, dove ti addormenti e non te ne accorgi. Ho sempre sofferto di insonnia. L'ho guardata dormire accanto a me di notte e all'alba. E una delle domande che mi facevo era: «L'avrò scopata bene ieri sera?» Ora quando mi sveglio col male alla schiena, mi chiedo: «Starà scopando con qualcun altro?» Allora provo a immaginare il suo piacere di stare sola, cerco di farmi contagiare. Chiudere la porta di casa e sapere che dentro non c'è nessuno. Far volare le scarpe, mettermi in mutande, poter scorreggiare, puzzare, masturbarmi davanti a un film porno, mangiare schifezze, fumare senza aprire la finestra, lasciare vestiti per terra, non progettare nulla la domenica, uscire senza uno scopo, andare a giocare a tennis fino a non poterne piú. E poi mi chiedo: «A chi posso raccontare tutto questo?» E la sua decisione mi sembra di nuovo assurda e non so come faccia lei a goderne. Ma proprio di questo gode, di non dover raccontare a nessuno quello che pensa. Proviamo sentimenti opposti. E se l'avessi lasciata io? Forse toccherebbe a lei il gioco della mancanza e del dolore. Vado a letto e so con certezza che è un gioco in cui solo per finta siamo concorrenti, mentre in realtà, come è sempre stato, siamo insieme, e non ci sarà tra noi nessun vincitore.

5.

Vado dal barbiere, al bar, a comprare le sigarette, e mi chiedo perché la città non si fermi, perché tutti continuino a fare le stesse cose di sempre come non fosse successo niente. Come un guardone, mi fermo a fissare una coppia di ragazzi che si baciano appassionatamente, mischiando le lingue, e mi si apre una voragine nel petto. Non sono mai stato cosí, non sono un sentimentale, non ho mai parlato molto di quello che sentivo, non ho mai pensato di poter soffrire cosí. Sono andato a mangiare da mia madre, non l'avessi mai fatto. Mi ha detto di tornare a casa, che c'è la mia stanza.

– Mamma, ho sessant'anni, vuoi portarmi la colazione a letto?

Mi riempie il piatto, mi trova dimagrito.

– Ma solo temporaneamente, finché questa crisi non rientra. Non ti fa bene stare solo, non mangi. E poi mi farebbe piacere avere una compagnia. Mi sento cosí sola da quando tuo padre è morto. Ora forse lo capisci che cosa significa.

Anche lei parla di sé, ma cos'è nelle separazioni che fa questo effetto? Forse perché la perdita capita a tutti, e anche chi non l'ha vissuta la teme.

– Ci penso sempre a tuo padre, è morto vent'anni fa, ma è sempre qui. La sera lo saluto, sai, come fosse dall'altra parte del letto. E non serve a nulla avere amiche, perché man mano che passa il tempo, è solo piú tempo che non lo vedi.

Sono vicino al suicidio o al matricidio, ma tra poco me ne vado e allora la lascio sfogare.

– E poi a chi puoi raccontare quello che hai pensato durante la giornata?

Oddio, questo no, cerco di cambiare argomento ma lei non si lascia sviare.

– Ma la tua situazione se vogliamo è anche peggio. La morte è la morte, non ci puoi fare nulla. Ma Marta abita qui vicino e non vi vedete. Dimmi la verità, a tua madre puoi dirla, l'hai tradita? Ti ha tradito lei? Com'è possibile che di colpo, dopo una vita insieme, ha detto che vuole stare sola?

Guardo l'orologio, mi alzo.

– È tardi, mamma, devo tornare in ufficio.

– Cosí presto? Resta ancora un po', il silenzio… non trovi che il silenzio sia insopportabile?

Sono per strada e vorrei vomitare ma mi trattengo. Il lavoro mi salva: le riunioni piú noiose ora mi sono essenziali, le prolungo, chiedo informazioni sulle case di produzione, disegni, proposte. So che mi odiano e vorrebbero andare a casa, ma comando io e devono restare. Fino alle otto, prima non se ne parla: devo svoltare la serata. Li guardo, i miei collaboratori, mentre parlano, sbadigliano, si riempiono la tazza di caffè come gli americani. Nessuno di loro sa che mi sono separato. Vittoria è single e le piaccio, è carina. Alessandra è piuttosto bella e sexy, si è lasciata col marito e forse sarebbe interessata. Le donne sole non si contano e gli uomini separati sono prede. Preferisco invitare a cena Vittoria, ha meno pretese. Ha vent'anni meno di me. Se Marta lo sapesse, forse sarebbe gelosa. Potrei passeggiare con lei sotto casa, sperando che mi veda. O portarla a mangiare nel nostro ristorante. O al cinema scegliendo un film che Marta sicuramente vuol vedere. Ma le probabilità che ci sia quella sera sono pochissime. Dovrei chiamare Laura, è l'unica che la vede e può dirmi qualcosa: se ci sta ripensando, se sta male, sta bene, cosa le ha raccontato.

Ma poi finisce che Laura mi piange sulla spalla come mia madre. Meglio invitare Vittoria, non dirle che mi sono separato e provare ad avere un'avventura. Ne ho avute in passato, non tante come Piero. Durante un viaggio in Giappone, con la ragazza italiana che ci faceva da interprete. Ero cosí felice di essere lontano da casa, il jet lag, la visita a una casa del tè. Tornando in taxi, le ho dato un bacio e abbiamo fatto l'amore nella mia stanza d'albergo. Come si fa a dire che gli amori occasionali sono eccitanti? Niente di piú impegnativo e frustrante: come lo sai se le piace che le prendi il seno in bocca e glielo mordicchi o se ha bisogno di molti preliminari? e se quando si spoglia non ti viene voglia? Penso ai compulsivi, a quelli che gli viene da scopare sempre. A quelli che dicono che ogni volta che incrociano una donna, si chiedono come sarebbe a letto. A me viene subito da pensare a Marta, a ogni punto del suo corpo, alla sorpresa di desiderarla, ai ricordi delle altre volte, ai suoi occhi chiari che sembrano liquidi quando viene e a come ci guardiamo senza vergogna. Sono un monogamo come mio padre e mia madre, sono fatto sbagliato per la situazione in cui mi trovo. Ma ora, dopo la riunione, voglio provarci e invitare a cena Vittoria.

È nel suo ufficio, sta radunando le carte, ha l'aria stravolta di stanchezza, ma quando mi vede le si illuminano gli occhi.

– Vittoria, vorrei vederti da sola, a cena, per parlarti di un progetto.

Mi guarda stupita.

– Stasera?

– No, stasera no, è tardi e Marta mi aspetta. In settimana, anche domani se puoi.

Mi risponde subito.

– Certo che posso, con molto piacere... allora, come rimaniamo?

– Domani magari finiamo un po' prima, se vuoi ti passo a prendere a casa. Dove abiti?

Mi dà l'indirizzo che scrivo sul telefono.

– Allora a domani.

Sorride.

– Perfetto.

Mi allontano e con la coda dell'occhio vedo che si sta specchiando nel vetro della finestra.

A casa mi maledico: cosa avremo da dirci? Che progetto le devo inventare? Cosa posso ricavare da tutto questo? Ogni sera mi chiama mio figlio da Bruxelles.

– Com'è andata la giornata, papà?

– Bene, uguale. Ho invitato una collega a cena.

Urla di gioia come avessi fatto goal.

– Bravo! Cosí papà! Datti da fare, non restare a casa da solo. Sono felice che cominci a stare meglio.

Mi incazzo.

– E chi ti dice che sto meglio? Non voglio neanche stare meglio! Ma prima i figli non soffrivano quando i genitori si separavano? A te pare che non te ne freghi niente!

Sospira.

– Non è che non me ne frega niente, papà. Se vi siete separati, ci sarà una ragione. Noi siamo fuori, abbiamo la nostra vita, tu puoi rifartene un'altra e anche mamma, basta che stiate bene.

– E chi ti dice che possiamo stare bene lontani? Magari non staremo bene mai piú.

Poi gli infilo a bruciapelo:

– Mamma sta bene, l'hai sentita?

Non ci casca piú.

– No, papà, non ricominciamo, non ti dico nulla di mamma come non dico niente a lei di te.

Mi batte il cuore.

– Perché ti ha chiesto di me?

– No.

– E allora come potresti dirle qualcosa?

– Papà, vogliamo lasciar perdere questo discorso?

Taccio.

Il mio dolore fa paura a tutti, a Marta e ai miei figli. La fine di un matrimonio deve essere civile, sommessa, tranquilla, rapida. C'era qualcosa che non andava, meglio cosí, cerchiamo la felicità da un'altra parte. Com'è che non mi paiono passati sei mesi? Tutto è ancora lí, inspiegabile, inimmaginabile eppure avvenuto.

6.

Ho cambiato tre camicie e due giacche. Non troppo giovanile ma neanche vecchio e neanche troppo in tiro. La ragione per cui l'ho invitata a cena è professionale. Le dirò che intendo affidarle la nuova campagna dei pannolini. Lei non ha figli, per questo mi interessa la sua creatività sull'argomento: pannolini per madri che lavorano, che hanno fretta, molto tecnici, niente rosa e celeste. Respiro allacciandomi la camicia. Non me ne frega niente di uscire con Vittoria. Maledico di nuovo Marta per avermi messo in questa situazione. Ma infilandomi la giacca penso che in fondo può anche essere divertente ricominciare tutto alla mia età, appuntamenti, nuove conoscenze, nuovo sesso, viaggi, chissà. E poi l'idea mi annoia, mi siedo sul letto. Potrei chiamarla e dirle che ho la febbre.

Le ho citofonato e ora l'aspetto come un ragazzo nervoso. Esce dal portone con dei pantaloni attillati e un cappotto molto carino. Al lavoro non avevo mai notato come fosse aggraziata e elegante. Ci baciamo sulle guance e le apro la portiera della macchina. Oddio, gli argomenti, devo trovare delle cose da dirle, perché niente verrà naturale. A Marta direi:

«Ciao, amore, com'è andata la giornata? Dove vuoi andare a mangiare?»

Tutto sarebbe semplice, poco sforzo, già rodato, anche metterle una mano sulla coscia o farle una carezza. Qui siamo in terreno sconosciuto.

In auto, è lei che inizia e le sono grato.

– L'unica volta che siamo andati a cena insieme è stato quattro anni fa: mi avevate assunta da poco, mi sentivo trascurata e a disagio in ufficio. Cosí ti ho chiesto di invitarmi a pranzo per parlarne, ti ricordi?

Niente, non mi ricordo niente.

– Certo che mi ricordo! E ti ho dato fiducia, no?

– Moltissima, sono rimasta solo perché mi sono sentita apprezzata da te, ho aspettato tre anni con un contratto a termine.

Terreno scivoloso l'apprezzamento.

– Ti apprezzo, per questo ti ho voluto vedere. Ti piace il giapponese?

– Sono pazza del giapponese, e poi quella volta eravamo andati proprio dal giapponese e mi ha portato fortuna.

Mi fissa, si aspetta un mio assenso, non mi volto, ci dovremo già guardare tutta la sera. A meno che non scelga un tavolo in cui siamo affiancati, piú possibilità di sfuggire allo sguardo. Marta e io, uno di fronte all'altra, al ristorante, i suoi occhi nei miei cosí tranquilli e intimi. Non ci devo pensare.

Del progetto dei pannolini abbiamo parlato, ha preso anche appunti. Ora non c'è niente da fare, le devo chiedere qualcosa di lei. Da vicino ho notato che ha un tic intorno alla bocca. Mi concentro sugli occhi che invece mi piacciono. Vorrei guardare l'ora ma mi reprimo.

– Non ti sei mai sposata, Vittoria?

Arrossisce, forse sono stato troppo diretto.

– Una volta stavo per farlo, ma poi mi sono innamorata di un altro, ho lasciato l'uomo con cui mi dovevo sposare, e quello di cui mi sono innamorata mi ha mollata dopo qualche mese.

– Forse allora non ti volevi veramente sposare.

Sorride.

– Infatti, in analisi è venuto fuori proprio questo: ero ostile al matrimonio.

Ho fatto bene a uscire con lei, non vuole relazioni serie. Sospira, poi aggiunge:

– Però ora, alla soglia dei quarant'anni, avrei voglia di convivere con un uomo e magari di fare un figlio.

Non poteva essere cosí semplice: le donne alla fine vogliono sempre il figlio. Abbasso lo sguardo e afferro con le bacchette due fettine di salmone.

– Comunque, non credere, la convivenza è difficile, forse alla fine è meglio vivere da soli.

Mi fissa come in macchina, ho scelto un tavolo in cui siamo affiancati. Sento che sta per chiedermi qualcosa del mio matrimonio.

– Ma tra te e Marta c'è una grande intesa, noi tutti pensiamo che sia uno dei pochi matrimoni riusciti...

Annuisco.

– Sí, certo, c'è una grande conoscenza, una lunga storia, i figli, ma è complicato comunque vivere insieme dopo tanti anni. Spesso penso che la vita da soli non è male.

Tossisce, forse le è andato qualcosa di traverso, beve un sorso di vino.

– È un orrore vivere soli, te lo giuro, almeno per me. Ho degli amici e delle amiche che ci stanno bene, io no, io ne soffro tantissimo. Chiudi la porta di casa e c'è il silenzio, allora ti attacchi al telefono e fai delle lunghe conversazioni, cerchi di organizzarti la serata, accendi la radio, ti cucini qualcosa, metti tutto sul carrello e lo porti davanti...

La interrompo.

– Basta, ti prego: me ne sono andato di casa, Marta ha deciso che vuole stare sola.

Tossisce di nuovo, poi mi fissa e questa volta la guardo.

– Da sei mesi. Non l'ho detto in ufficio perché non mi piace mischiare la mia vita privata al lavoro, anzi ti prego di non parlarne.

È rossa in viso.

– Figurati, non lo farei mai.

Intuisco che sta rapidamente associando la nostra cena alla mia nuova situazione sentimentale e non le dispiace.

– Ne hai sofferto molto?

Sospiro.

– Insomma, sempre meno, mano a mano che passano i mesi cerco di cogliere anche gli aspetti positivi...

Un silenzio.

– Per esempio, forse non ti avrei invitata a cena per parlare del progetto. Il matrimonio limita le amicizie.

– Ma avevate una vita autonoma? Voglio dire, non uscivate sempre insieme?

Sorrido.

– Sí, se escludiamo le cene obbligate con i clienti.

Scuote la testa, è sempre piú rossa e ha dei puntini rossi su una guancia. Ansima, ha il fiato corto.

– Non lo posso capire, perdonami, non posso capire la sua decisione. Forse non sono nella posizione giusta... avevate tante cose in comune... Non voglio parlare di una cosa cosí intima, ma non posso capire, tu sei un uomo cosí... cosí interessante e rassicurante... lo sei stato con me quella volta, mi hai dato tanta fiducia in me stessa... no, non posso capire la decisione di tua moglie...

Ho un moto di tenerezza per la sua incredulità, in un lampo penso che finiremo a letto, ora ne avrei anche voglia. E invece si accascia sulla sedia, con la testa dentro il piatto, mormora:

– I crostacei... scusa, sono allergica...

Mi alzo e cerco di rianimarla, la chiamo, le tengo una mano, le do schiaffetti sulla guancia. Intorno a noi accorrono camerieri, clienti da altri tavoli.

– Cos'ha sua moglie? Un medico, c'è un medico?

Comincia la sequenza degli equivoci, ripeto incessantemente:

– Non è mia moglie, un'amica, solo un'amica. Mi ha detto che è allergica ai crostacei.

Il viso di Vittoria è spiaccicato sul mio petto, tutto sudato, la bocca semiaperta, gli occhi chiusi. Hanno chiamato l'ambulanza, e mentre la sistemano sulla barella l'infermiere ricomincia.

– Che medicine prende sua moglie? La portiamo in ospedale, ci segua con la macchina.

La mia avventura extraconiugale finisce nella sala d'aspetto dell'ospedale, dove una volta ho passato la notte con mio fratello perché avevano ricoverato mia madre. Sono seduto su una panca, accanto a un barbone addormentato. Mi esplode una rabbia insensata contro Marta, mi sento sussurrare:

– Brutta stronza, figlia di puttana, lo vedi in che situazione mi hai messo! Rimorchiare colleghe di cui non so un cazzo, di cui non me ne frega nulla, e pure allergiche ai crostacei.

Il barbone solleva le palpebre, sentenzia col fiato pesante di alcol:

– Le donne sono puttane.

E si riaddormenta. Poi mi chiamano, ora posso vedere mia moglie, che si è ripresa dopo un'iniezione di cortisone. Vittoria è pallida e al colmo della vergogna e dell'imbarazzo. La rassicuro.

– Tranquilla... ma perché non me lo hai detto?

Balbetta.

– Faccio sempre molta attenzione, ma basta un infinitesimale pezzetto...

La terranno in osservazione una notte, domani verrà la sorella a prenderla. Le do un bacio sulla guancia.

– Mi dispiace tanto... – sussurra.

– Non ti preoccupare, recuperiamo.

Sono a casa, al buio, nel letto, tento di addormentarmi, quando un ricordo preciso mi taglia il respiro.

In barchetta, in Grecia, la spina di un riccio le si era conficcata in un piede. Con pazienza (come sei bravo nei lavori di precisione!) le aprivo la pelle con un ago che disinfettavo con la fiamma dell'accendino. Ero chino sul suo piede, completamente concentrato. E la spina era venuta via tutta intera. Avevo tirato su la testa e gliel'avevo mostrata trionfante. Il suo viso era aperto, gli occhi liquidi, mi aveva abbracciato: «Ti guardavo, mentre mi toglievi la spina, mi è venuta voglia di fare l'amore». Ci siamo voltati insieme verso la costa, i boccagli dei nostri due figli a caccia di pesci erano lontani. Stesi uno sull'altro sul fondo della barca, era stato un amore scomodo, rubato, un gioco inaspettato.

Piero

7.

Il mio problema è questo: prima vivevo con Laura e scopavo con Sara. Ora che non sono piú sposato, non ho piú nessuna voglia di vederla. Senza moglie, un'amica non ha senso, ma non ho il coraggio di dirglielo, e poi in fondo mi fa compagnia. Quando mi sono separato ha insistito che andassi da lei, temporaneamente, ha aggiunto. Sara è giovane, vuole avere una vita con un uomo e io non posso dargliela.

– Ho preso un appartamento ammobiliato, per i figli, preferisco cosí, – le ho detto. – Per Laura.

La prima sera però ho dormito da lei. La mattina dopo ho trovato la colazione imbandita: frutta, marmellate, miele, caffè e pane fresco comprato mentre dormivo. Sulla tavola sistemata con grazia era scritto il suo desiderio di legalità dopo due anni di clandestinità. Mi è passata la fame.

– Va bene, se pensi sia meglio per loro, in un primo tempo... – mi ha risposto.

Non ho precisato che non ci sarebbe stato nessun secondo tempo. Ogni volta che passo a casa sua o la porto a cena, penso che dovrei lasciarla libera di cercarsi un altro uomo. Ma è innamorata di me, questo è il punto.

Anche il sesso non funziona granché da quando non vivo piú con Laura. Prima mi dicevo: sono stato un buon padre, un buon marito, anche se infedele. Ma è lei che mi ci ha costretto. Quando Sandra si è sposata, Laura si è voluta trasferire nella sua stanza:

– Russi, e io ho il sonno leggero.

Anche nei viaggi con i figli rimasti, prendevamo due stanze, una per lei e Lucrezia e l'altra per me e Francesco. Poi se ne sono andati anche loro e siamo rimasti noi due. Cosa eravamo diventati? Abbiamo vissuto insieme da soli per tre anni. Prima scopavo con Sara senza sensi di colpa, ma da quando ho deciso di separarmi non ne ho piú voglia.

Ho invitato a cena Laura una settimana fa, l'ho portata in un ristorante vicino al fiume. Era molto di moda quand'eravamo giovani, ma ora si mangia male, era deserto. Durante tutta la cena, la guardavo chiedendomi: chi è lei per me ora? La madre dei miei figli, la donna che ho scelto e amato tanti anni fa? No, non solo questo, ma non avrei saputo definire con parole precise il sentimento che mi suscitavano il suo viso, gli occhi neri ancora giovani ma incorniciati da piccole rughe, le mani sottili che si portano dietro i gesti abili con cui prepara da mangiare, lavava i corpi dei nostri bambini, mi accarezzava prima della divisione delle stanze. Perché aveva deciso di dormire da sola? Non gliel'ho mai chiesto. Avevo paura della risposta. Sapeva dei miei tradimenti? O era perché aveva smesso di amarmi? Dopo aver parlato dei figli, della gravidanza di Lucrezia, delle loro carriere, dei suoi studenti, del mio ultimo avanzamento di carriera, è caduto il silenzio, e lei mi ha chiesto a bruciapelo:

– Perché vuoi separarti?

Una spiegazione me l'ero preparata da molto tempo, gliel'ho ripetuta.

– Non mi sento amato, dormiamo separati, parliamo sempre di cose esterne a noi, dei figli, del lavoro, le vacanze, la casa...

Non ha replicato, giocava con una mollica di pane in silenzio. E poi non so perché mi è venuto in mente un nostro viaggio di tanti anni prima. Uno scambio di case che avevamo fatto con una famiglia danese. In quella casa non nostra, tra le fotografie di bambini e genitori sconosciuti, usando i piatti, le tazze, i letti di un'altra famiglia, eravamo stati stranamente felici. Nel loro letto avevamo fatto l'amore quasi ogni sera. Gliel'ho ricordato e lei si è messa a ridere.

– Adoravo usare le loro cose, non so se fosse una coppia riuscita, magari litigavano sempre e la loro vita era un inferno, ma noi ci siamo stati benissimo. E loro ci chiamavano dalla nostra con lo stesso entusiasmo. Il bollitore, le tazze sbeccate, il cuscino a cuore al centro del letto, ci sarei rimasta per sempre.

– Ma sarebbe diventata nostra, e non avrebbe piú funzionato.

Mi ha fissato seria, mi piaceva l'espressione cosí concentrata su un pensiero, come i suoi scoppi di ilarità improvvisa.

– Perché a un certo punto non possiamo piú sopportare quello che abbiamo costruito? – mi ha chiesto.

Ci stavo riflettendo, ma lei non mi ha dato il tempo.

– Mi manchi a casa, mi manchi tu, non i figli. Forse potremmo riprovarci, piano piano...

Mi è salita l'angoscia, le ho risposto subito, con un tono dolce, per non farla soffrire.

– Non credo che sarebbe una buona idea, Laura. Siamo stati tre anni da soli a casa e...

Mi ha interrotto subito.

– Va bene, va bene.

– Non piangere...

Mi ha guardato stupita.

– Chi piange?

Le ho indicato una lacrima che scendeva dritta sulla guancia. Se l'è asciugata sbrigativamente.

– Neanche me ne sono accorta.

Le ho preso la mano, ma lei l'ha tirata via.

– Stai bene, Laura, non ti senti troppo sola in quella grande casa?

– No, sto benissimo. Tanto spazio tutto per me. E poi penso che la rifarò completamente, Marta mi ha promesso di aiutarmi. Le camere dei ragazzi serviranno ai nipotini, e finalmente avrò uno studio. Sarà una nuova vita. La prossima settimana vado a Milano.

– A fare cosa?

– A trovare Miriam, te la ricordi?

– Certo, la tua amica di scuola, quella che fa il medico.

Ha annuito.

Tutto sommato mi sembrava contenta, a parte la lacrima. A me non viene da piangere, anche se a tratti ho nostalgia di lei e della nostra vita. Normale, dopo tanti anni. Ma il futuro è un'altra cosa, non si costruisce sulla nostalgia.

Il mio vero problema ora è lasciare Sara. È cosí felice, mi propone vacanze, concerti, spettacoli. Mi chiama troppo, si sta accollando, come direbbe mio figlio.

Strana la calma con cui tutti e tre i figli hanno preso la separazione, come se se lo aspettassero. Solo Lucrezia si è messa a piangere, ma forse perché è incinta e si sente piú fragile. L'ho abbracciata e le ho detto che non cambierà niente per loro.

– Tranne che non vi amate piú, – mi ha risposto. – Lo so, succede a tutti, ma io non vorrei che succedesse anche a me...

Piangeva per sé, per la paura che niente duri, neanche il suo matrimonio. Ma è cosí, bisogna farsene una ragione, con Marta su questo ci capiamo, anche se la sua decisione è molto piú misteriosa della mia: il giorno prima tra loro andava tutto bene, hanno dormito abbracciati, cosí mi ha detto Andrea, il giorno dopo, finito tutto, vai via. Chissà da quanto tempo covava dentro la decisione. Tra Laura e me è semplice da capire, non facevamo piú l'amore, niente desiderio, solo amicizia, tenerezza, ricordi. Tutto è piú comprensibile: sono un uomo giovane, ho solo cinquantanove anni. Abbiamo la stessa età, ma Laura si sente nonna, io no. Le camere per i nipotini. A lei i bambini non bastano mai. Io voglio la libertà, quella che cercavo nelle missioni all'estero, nelle ore prima di tornare a casa, quando andavo a trovare Sara e prima di lei tutte le altre. Ho amato Laura e anche la famiglia, ma non mi sono mai consegnato. Già dal nostro primo viaggio in nave, quando ho visto Marta che fumava sul ponte, ho immaginato una vita con lei, poteva essere, tutto può essere. Ma poi succede una cosa, e va avanti per decenni. L'ho scelta io Laura, o è lei che ha scelto me?

Una festa, ho venticinque anni, mi aggiro nel giardino con un bicchiere in mano, ho lasciato la mia ragazza che ballava con un altro. In fondo seguo sempre lo stesso schema: sto con una e fantastico su un'altra. La vedo in un angolo, nella semioscurità: è sola e gli occhi scuri brillano alla luce della torcia piantata nell'aiuola. Sento la sua voce ma la bocca è nel buio.

– Il giardino finisce qui, altre non ne trovi.

Scoppio a ridere e mi siedo accanto a lei. Non so se mi aveva puntato da prima o se mi avesse visto in quel momento, non gliel'ho mai domandato. Studia Lettere all'università, vuole insegnare, le piacciono i bambini. Una ragazza bruna, esile, con gli occhi scuri e luminosi, ma già donna, che sogna di essere madre. Non ne ho mai incontrate. Le ragazze con cui esco progettano viaggi, indipendenza, promiscuità. Lei no, ma non parla dei bambini che vorrebbe avere o del marito che spera di incontrare, è piú come un'ispirazione interna, una vocazione silenziosa e naturale. Mi sento attratto dalla sua tranquillità, dalla verità con cui mi parla, e allo stesso tempo ne ho paura. È un terreno che non conosco, mi ci muovo male. Le dico qualcosa di me, mi sono laureato in Economia, farò il concorso per entrare alla Banca d'Italia. E lei mi risponde:

– Sei ambizioso, è giusto. Vedrai che ci riesci.

Non entra in concorrenza con me, non c'è battaglia tra noi. In genere le donne competitive mi piacciono, immagino subito di scoparle, la battaglia verbale richiama quella dei corpi. Con Laura mi viene voglia di spogliarla dolcemente, penetrarla, metterla incinta. Come se il sesso toccasse la sfera primaria, ancestrale dell'esistenza: riprodursi. Un anno dopo succede, aspetta un bambino, ci sposiamo. La sera prima al telefono mi dice frasi misteriose come quella nel giardino.

– Io voglio che tu sia felice con me, ma voglio esserlo anche io, non ci rinuncerò mai.

– A cosa?

– A quello che penso sia giusto per me, alla vita che desidero. Siamo molto diversi, ma forse questo è un bene. Ricordati che sono mite ma non mi arrendo mai.

Rido, ma quello che dice m'inquieta.

– Lo so come sei, stiamo insieme da un anno! Zitta zitta, riesci sempre a ottenere quello vuoi, anche sposarmi.

Ride anche lei, ma trattenuta.

– Sí, forse l'ho voluto piú di te, non m'importa. Non sono orgogliosa, sono tenace.

Ora mi chiedo se non me l'ha mandata lei questa condanna: non mi viene piú da scopare né con Sara né con nessun'altra. Una silenziosa vendetta a distanza della ragazza mite e tenace. Non mi è mai capitato di fare cilecca, e invece oggi è successo. Sara mi abbraccia, mi bacia, dice le solite frasi rassicuranti che ti fanno imbestialire. La spingo via.

– Credi che sia facile: Laura, i figli, ora me li vedo davanti ogni volta che facciamo l'amore, prima non ci pensavo mai! Forse è meglio che ci lasciamo anche noi.

Non mi volto, non dice niente. Alla fine la guardo, non piange come temevo, è fredda e fissa un punto sulla parete.

– Perché stai zitta?

– Se vuoi lasciarmi, va bene. Ma volevo dirti che sono incinta.

Mi alzo di scatto, urlo come un pazzo, vorrei strozzarla. Poi mi accascio su una poltrona.

– Perché mi fai questo?

Mi guarda, è felice, radiosa.

– A te? A me, vuoi dire: ho quarant'anni, ho avuto solo relazioni brevi, quella con te è la piú lunga. Gli uomini che ho incontrato sono fuggiti alla sola prospettiva di andare a vivere insieme. Ok, l'ho capito, non funziona piú cosí, tutti a casa propria. Sull'uomo ci ho messo una pietra sopra, ma sull'idea di un figlio no. Non ti chiedo niente, puoi andartene anche adesso.

Meglio forse prenderla con la dolcezza.

– Non pensi che sia meglio...

Mi interrompe con violenza.

– No, te l'ho detto, ma tu sei libero, non ti ho mai chiesto niente. Ho invidiato tua moglie, i figli, la vostra casa, ma evidentemente ho questo destino, ognuno ha il suo. Ma sarò madre di un bambino anch'io.

Era la vendetta di Laura, chiaro, mi colpiva con le sue stesse armi: i bambini. Aveva inoculato anche in Sara il germe della maternità, quella malattia delle femmine che mi aveva contagiato già una volta. Perché altrimenti mi sarei sposato a ventisei anni, appena assunto alla Banca d'Italia? Odiavo Laura, non Sara. Era lei la colpevole di tutto. «Non ci rinuncerò mai», mi aveva detto prima di sposarmi. E ora mi colpiva a distanza, mi metteva sulla strada quel bambino. Mi diceva: «Pensi di poter scopare in giro senza conseguenze, non si può, non puoi fare tutto quello che vuoi. Anche lei, come me, vuole riprodursi!»

Mi vesto rabbioso, Sara mi guarda senza dire nulla, non mi ferma, per un attimo le vedo allungate sul letto tutt'e due, ridono di me.

8.

Non riesco a fare niente senza pensarci. Lavoro con un peso, un'ombra nera che mi segue. Ho provato a telefonarle, devo vederla per sapere cosa ha deciso. Ogni tanto immagino con terrore che chiami Laura e le racconti tutto. Faccio incubi la notte e mi sveglio senza respiro. Non ha piú risposto alle mie telefonate, neanche ai messaggi. L'aspetto sotto casa, dovrà rientrare. Passano ore, le sei, le sette, le otto. Alle nove metto in moto e me ne vado. A casa provo a richiamarla, è staccato. Ho solo il numero di una sua amica, una che mi ha chiesto un favore una volta. Non mi ricordo il suo nome, passo uno a uno tutti gli infiniti numeri dell'agenda. Molti non so piú neanche chi siano. Mi accorgo che alcuni sono morti. Mi fermo sul cellulare di mia madre, non c'è piú da tanti anni, ma non ho mai avuto il coraggio di cancellarlo. Laura l'ha accudita fino alla fine, non lo sopportavo. Mi dava anche lezioni di morale.

– Dovresti andare a trovarla piú spesso, quando vai tu per lei è una festa.

Per me era una condanna. Mia madre mi aspettava seduta in poltrona, sorridente, benevola. Non credo di averla mai amata, non riuscivo a provare un sentimento libero nei suoi confronti, solo sensi di colpa. Le rispondevo a monosillabi e mi pareva di essere mio padre, seduto nella poltrona accanto a lei. Le donne non capiscono che l'affetto incondizionato fa schifo, nasconde l'autoritarismo. Quello di mia madre e di Laura mi faceva venire voglia di abbandonarle, di essere crudele, di farle piangere. Mi auguravo una volta una durezza da parte loro, uno schiaffo, un pugno. Niente, come rocce stavano lí e mi amavano. O forse mi odiavano amandomi. Guarda come sei stronzo, come ti comporti, sei un animale. Noi siamo cosí tenere con te, ti perdoniamo tutto. Perché fai cosí? Perché ci fai questo? Quando è morta, era mattino presto, con Laura siamo andati a bere un caffè. Lei mi guardava con tenerezza. Mi è venuta una rabbia improvvisa.

– Perché mi guardi cosí? Pensi che soffra? Per niente, questo è il punto. Se ti dicessi che sono sollevato?

Aveva sospirato.

– Lo capirei, tua madre non era una donna facile.

Mi capiva! La sera ho scopato con una con cui mi vedevo ogni tanto. Per tre anni, fino alla nascita di Lucrezia, ho provato rancore verso Laura, come fosse in combutta con mia madre anche da morta. Poi è nata la nostra ultima bambina, che mi ringiovaniva e ci dava nuove energie. Mi sono innamorato di nuovo di lei, la allattava e la metteva tra noi nel letto. Mi svegliavo col suo cinguettio. Avevo deciso io di chiamarla come mia madre, ma volevo fosse totalmente diversa da lei. L'ho educata come un maschio, barca a vela, pesca, niente lacrime, ma è diventata una femmina tenera e dolce. Bravissima a scuola e all'università, si è consegnata a un uomo cretino e presuntuoso, e ha pianto quando sono andato via di casa.

E ora, come mia madre e Laura, anche Sara si è trasformata in una madre ricattatrice, la donna con cui scopavo allegramente e senza pensieri. Non sarebbe male se mi piacessero gli uomini.

Il dito si ferma su un nome dell'agenda: Valentina, amica di Sara. Non mi ricordo niente di lei, colore dei capelli, occhi, fisico. È venuta una sola volta in ufficio per chiedermi un consiglio professionale, Sara mi aveva implorato di aiutarla. La chiamo e che le dico? Dov'è Sara? Sai qualcosa? Non ho notizie di lei e non risponde alle telefonate. Non posso. In quel momento arriva la chiamata di Lucrezia, come l'avessi suscitata.

– Ciao, papà, ti disturbo?

Comincia sempre cosí la sua telefonata.

– Figurati tesoro, per niente.

– Hai una voce preoccupata però, dove sei?

L'intuito di Laura, madre e figlia identiche.

– Sono a casa, guardo la televisione, tutto bene, e tu?

– Sono in ansia per mamma, papà.

No, non ora, anche questo! Le rispondo distaccato.

– Abbiamo pranzato insieme una settimana fa, mi pare stesse bene, progettava dei lavori in casa.

Sospira.

– Papà, nella sua stanza ho visto una cartella con delle analisi: mamma ha un tumore al seno, per questo va a Milano.

Mi si chiude il respiro, balbetto.

– Che stai dicendo? La chiamo subito...

– No, aspetta! Non vuole fartelo sapere, mi ha fatto giurare che non l'avrei detto né a te né a Sandra e Francesco. È una cosa piccola, vuole curarsi da sola. Ma io... – la voce le si incrina, – ho pensato che tu dovessi saperlo.

Mi alzo e cammino per la stanza, il mondo si è trasformato in una trappola, una generale resa dei conti, la maledizione delle donne, figlia compresa.

– Certo che dovevo saperlo... o invece no, se non posso fare nulla, perché me l'hai detto?

Piange. Quando era piccola e si sbucciava il ginocchio, le insegnavo a ricacciare indietro le lacrime.

– Non piangere, mamma si curerà e ne verrà fuori piú forte di prima.

– Papà, tutto è cosí orribile... ero felice di questo bambino, ora vedo già il suo futuro, come nelle nostre foto. Felicità, vacanze, risate, e poi tutto distrutto, frammenti nostri sparsi di qua e di là... ora anche mamma che sta male...

Mi siedo, calmo, freddo, non voglio farmi coinvolgere dalle sue lacrime.

– Ascolta Lucrezia, devi smetterla di guardare le fotografie, non vogliono dire nulla. Non farti del male. Ci siamo amati, abbiamo fatto dei bei figli che ora vivono la loro vita e noi abbiamo il diritto di vivere la nostra come pensiamo sia meglio.

Mi interrompe, mormora.

– Forse è meglio per te...

– Cosa ne sai? Non ti intromettere... e dai anche a mamma il diritto di curarsi questa cosa da sola... di lasciarmi fuori. Ora che me l'hai detto, non sarà facile neanche per me fingere di non saperlo, ma farò come lei vuole, capito? E anche tu.

Tace, tira su col naso come quando era bambina.

Riapro l'agenda del telefono: devo trovare il numero di Miriam, l'amica medico di Laura. Il mio compito ora è contattare amiche: quella di Sara per il bambino e quella di Laura per il tumore. Una corsa a ostacoli fino al traguardo: la mia libertà. Se tutto si sistema, non voglio piú avere una donna almeno per un anno, forse anche due.

9.

Viene all'appuntamento, bella e determinata, non mi ricordo nulla di lei. Si siede decisa al tavolino del bar dove l'aspetto, mi ha riconosciuto subito. Chiede una centrifuga di mele, carote e zenzero. Mi sento ciancicato come la camicia che porto da due giorni. La donna a ore che ho trovato si è licenziata, il marito è geloso e non vuole che lavori nella casa di un uomo solo. Valentina lo nota subito.

– Ha l'aria stravolta, ma non mi pare il caso, si calmi: Sara è una donna adulta, se vuole tenere il bambino è una decisione che non la riguarda.

È andata dritta al punto, accavalla le gambe, gioca con un anello al dito, sorride in modo compulsivo.

– È stato gentile a ricevermi nel suo ufficio quella volta, mi ha dato dei buoni consigli. Alla fine mi hanno assunta alle camere di commercio.

– Sono contento, mi serve un'iniezione di fiducia.

Ride.

– L'ha presa molto male questa cosa del bambino! Ma la verità è che Sara ha sempre pensato di incontrare un uomo e diventare madre, fin da quando eravamo ragazze.

Me le scelgo tutte cosí. Si toglie l'anello dal dito e poi se lo rinfila.

– Io figli non ne voglio, mi piace essere libera, ma per lei è irrinunciabile.

Chissà come sarebbe stata la mia vita se avessi incontrato una donna come questa. Due case, niente figli, lavoro, viaggi. Forse era quello che volevo e non lo sapevo. Mi sorride senza timidezza. Abbasso gli occhi e le chiedo:

– Ci ha parlato? Sapeva che ci saremmo incontrati?

– Certo. Adesso le riferisco esattamente le sue parole: «Sono due anni che stiamo insieme, era sposato, non gli ho chiesto di separarsi. È stata una sua decisione, ma io avrei tenuto il bambino anche se fosse rimasto con la moglie. Può dirmi che sono stata disonesta, ha ragione: ho sospeso la pillola quando ho capito che non saremmo mai andati a vivere insieme. In qualche modo è il prezzo che paga per la sua infedeltà, ma io non gli chiedo nulla, volevo il suo sperma». Ha anche aggiunto un complimento per lei: «È un bell'uomo ed è intelligente, forse il migliore con cui sono stata, ho scelto bene».

– Grazie tante!

Ride di nuovo, vorrei strozzarla.

– Capisco che le può risultare un po' aggressivo come modo di fare, ma le donne non sono sempre tenere: se vogliono una cosa, alla fine se la prendono. Una ragazza francese che conoscevo diceva: ce que femme veut, peut.

Le hanno messo davanti la centrifuga che lei ora aspira con la cannuccia. Spazzare il tavolo con una manata, mandare in frantumi il bicchiere, frammenti di vetro ovunque, anche sulla sua bella faccia impassibile. Stacca la cannuccia dalla bocca. O baciarla per dimostrarle che non me ne frega niente di lei, della sua amica, di Laura, che una vale l'altra.

– Le restituisco il favore che mi ha fatto quella volta, le do un consiglio. Sara non tornerà indietro, la lasci andare, ci sarà nel mondo un bambino che porta i suoi geni e non lo sa, ce ne sono molti in giro. Ho un fratello che è nato dalla relazione di mia madre con un uomo che frequentava abitualmente la nostra casa. Mio fratello è identico a lui, ma lui non lo sa e vive in pace. Mia madre ha pensato bene di dirlo a me, ora può capire perché preferisco essere single e senza figli. Cosa ci assicura che la vita che abbiamo pensato fosse nostra, lo sia stata veramente? Restare soli, è l'unica garanzia di verità.

Mi calmo, una parte di me le dà ragione.

– Ho cresciuto tre figli, non riesco a immaginare la mia vita passata né quella futura senza di loro.

– Ok, lo capisco, ma pensava la stessa cosa di sua moglie, ne era certo per moltissimi anni, e invece oggi pensa il contrario: vuole una vita senza di lei.

– Ma i figli sono un'altra cosa! Non sono paragonabili all'amore per una donna.

Ora è lei che si inalbera.

– E perché no! L'amore per una persona con cui hai condiviso – parola abusata, lo ammetto – tutto, la giovinezza, il corpo, i pensieri, che è cresciuta con te, che appartiene alla tua stessa generazione, per me è molto piú importante di un figlio che alla fin fine accompagnerai per un tempo relativamente piccolo. Ha il tuo sangue, porta il tuo nome, ti assomiglia! Cazzate narcisistiche! Credenze ottocentesche. Amare una persona che non è della tua famiglia, un estraneo che la vita ha fatto diventare vicino, intimo come nessun altro...

– L'amore finisce.

– Infatti, finisce, per questo non mi sposo e non voglio figli. Tutte le cazzate che si dicono quando ci si sposa: nella buona e nella cattiva sorte, in ricchezza e in povertà, stronzate!

Ho davanti il viso di Laura a pranzo, la sua lacrima involontaria, il tumore. Valentina si accende una sigaretta.

– Un figlio che sostituisca la possibilità dell'amore duraturo per un uomo, non ci faccio niente. Per questo non sono d'accordo con Sara.

– Comunque quelle formule non si usano nel matrimonio civile. E lei, che non vuole saperne di un marito, è forse la donna piú romantica che abbia incontrato.

Soffia via il fumo.

– Sí, lo so, è cosí. Un giorno, se ci vedremo ancora, ti racconterò... le racconterò il mio unico errore.

– Possiamo darci del tu.

– Mi riesce un po' difficile perché ti ho incontrato dall'altra parte della scrivania, ma va bene.

Guarda l'ora.

– Devi andare?

Annuisce.

– Sí, devo tornare in ufficio. Dimmi una cosa: ci tenevi a Sara?

Con questa donna ho voglia di essere sincero, anche se forse andrà a raccontare tutto a Sara, non importa.

– Non piú.

Spegne la sigaretta, scuote la testa.

– Be', mi sembra normale, si è rotto l'equilibrio matrimoniale.

– Mi prendi in giro?

– Assolutamente no, non è stato tutta la vita cosí per te? Stabilità da un lato e fuga dall'altro, serietà e leggerezza.

– Come lo sai?

Ridacchia.

– Ci ho azzeccato, eh? Se non hai piú il legame serio, che te ne fai di quello saltuario, diventa noioso, e poi c'è il rischio che voglia occupare tutto il posto. Attenti, pericolo!

Questa donna mi piace, anche se solo l'idea di andarci a letto mi mette il terrore. Mi chiede a bruciapelo:

– Tua moglie, come sta?

– Le è venuto un tumore al seno. Non grave ma comunque si deve operare.

Mi fissa seriamente.

– E tu che fai?

– Non vuole che lo sappia.

– Be', potrebbe anche essere collegato… Non te lo dico per farti venire i sensi di colpa, non c'è niente di piú schifoso dei sensi di colpa.

Quasi le urlo:

– Sí!

Mi fissa stupita.

– Tutta la vita ho avuto sensi di colpa: mia madre, mia moglie, i figli, ora Sara.

– Hai ragione, sono una specie di veleno, e credimi nessuno è contento di suscitarli. Be', tranne le madri, soprattutto quelle dei maschi.

– Dio mio, proprio cosí!

Si alza, faccio segno al cameriere. Ma lei mi prende fulminea lo scontrino dalle mani e dice:

– Ti invito io, ti dovevo un favore.

– Va bene. Ti dispiace se ti chiamo per avere notizie di Sara?

Mi fissa, ha gli occhi celesti, me ne accorgo solo in quel momento.

– Ok, ma voglio avvisarti di due cose: non scopo con gli uomini delle mie amiche, anche ex, e sto da poco tempo, ma felicemente, con uno che per fortuna abita in un'altra città.

Laura

10.

Non voglio aprire gli occhi, né parlare con Marta. Il treno mi culla, il movimento mi dà una sensazione benefica di precarietà, è quello che cerco. Un limbo dove immaginare quello che voglio come da bambina. Piero è seduto accanto a me. Appoggio la testa sulla sua spalla. Siamo in due ad affrontare questa cosa che mi capita. Due come quando si è operato al menisco, ho dormito nel letto accanto al suo in clinica e si è svegliato dopo l'anestesia morto di fame. Due come quando ho partorito i figli e lui me li prendeva dal seno e li passeggiava canticchiando *Yellow Submarine*. Due come quando è morta sua madre e lui mi ha detestato per tre anni, fino alla nascita di Lucrezia, perché aveva i sensi di colpa verso di lei che era morta e li gettava su di me che ero viva. Due anche quando ho deciso di dormire nell'altra stanza perché non sopportavo piú le sue infedeltà ma non volevo lasciarlo per questo. Non si sentiva amato, cosí mi ha detto andandosene. Avrei potuto dargli un pugno e invece ci ho riflettuto, sono stata felice con lui per trent'anni, dovevo capire se quello che diceva era vero. Non lo so se lo amo ancora, è cosí importante saperlo dopo tanti anni? È importante parlare d'amore dopo quello che abbiamo vissuto insieme? Per lui sí. Anche per Marta. Per me no. Io mi sento come una sua costola. Lo so, lo so che è un'immagine della Bibbia e molte donne direbbero che sono antica e subalterna. Ma sento anche lui come una parte del mio corpo. Lo so, lo so che gli psicanalisti direbbero: attenzione, puzza di dipendenza! Io direi loro che si può vivere senza una costola e io mi appresto a farlo, ma la perdita la voglio vivere fino in fondo e non so se rinuncerò per sempre a essere in due. La malattia e l'assenza fanno parte dello stesso viaggio. Lucrezia ha letto le carte nella mia stanza, le ho fatto giurare di non dirlo ai fratelli e al padre, ma lei lo farà. In ogni caso, con loro o senza, sono sola.

– Non dormi, lo vedo, ti tremano le palpebre.

La voce di Marta è tagliente e sicura, fredda. Cosí è diventata dopo la separazione, una donna distaccata, anche quando è gentile e cerca di aiutarmi. Apro gli occhi.

– Sonnecchiavo e pensavo.

– A cosa?

Sorrido.

– Secondo te?

– A Piero, alla malattia...

Come sono semplici le parole, confusi e difficili i pensieri.

– No, pensavo all'occasione che ho davanti.

Sgrana gli occhi.

– Occasione?

– Certo, pensi che l'occasione ce l'abbia solo chi prende una decisione? Forse in realtà ce l'ha piú chi la subisce, sai. Chi è nel fuoco dell'azione non ha tempo e non vuole riflettere, non si può concedere dubbi o paure.

Mi guarda.

– Mi vedi cosí tu?

Annuisco.

– Sí, devi andare avanti, perché quello che non vuoi assolutamente è tornare nella situazione precedente, quando ti sentivi in trappola e non sapevi perché, non lo sai ancora. Ma non puoi pensarci, come non puoi vedere il dolore di Andrea o il mio. Ti capisco e lo capisco. In questo io sono avvantaggiata, ho il campo aperto, ho la completa libertà di soffrire, indagare, piangere, stare meglio e uscirne portandomi tutto questo dietro, anche la guarigione spero. Voi siete obbligati a tagliare, a non vedere, per ora.

– Sei un pochino minacciosa...

– Figurati, ti sono molto grata di avermi accompagnato, e mi piace stare con te, poi è come se standoti vicina vedessi l'altra faccia della medaglia. Mi metto nei tuoi panni, in quelli di Piero, e mi sento anche io all'improvviso liberata dalla vostra decisione. Non dura tanto, perché poi torno me stessa e mi porto dietro il peso, il dispiacere e tutto il resto. Ma a tratti penso che a un certo punto, non so neanche come e quando, le nostre parti si rovesceranno.

Marta guarda fuori dal finestrino la pianura padana senza nebbia, con un sole terso e gelido.

– È possibile. E allora forse supplicherò Andrea di tornare insieme e lui non sarà piú disponibile. Ma è un rischio astratto per il momento, piú impellente di tutto è non vederlo, non parlarne, essere libera dal peso del suo sguardo e dalla nostra storia.

– Sentirsi leggeri, cosí mi ha detto Piero, senza bagagli, come i ragazzi.

Sorride.

– È strana questa nostra situazione a quattro, simmetrica. Casuale, ovviamente, eppure sembra abbia un senso che non riesco ancora a capire. Ma non tutto ha un senso... forse è inutile cercarlo.

Com'è assente il suo sguardo, ora c'è solo una parte di Marta, l'altra, quella di prima, è scomparsa, nascosta anche a lei.

– Come va con il tuo amico israeliano?

Si sente sollevata se parliamo del presente o di argomenti pratici.

– È sempre in viaggio, ci vediamo poco. Lavoro alla sua casa, per ora c'è solo un letto.

– Capisco, può essere utile.

Ride.

– Ecco, quando sei ironica e...

– Leggera...

– Sí, allora mi piaci moltissimo, e farei un lungo viaggio con te, se non dovessimo fermarci a Milano per questa cosa che ti è capitata.

Completo la sua immaginazione.

– Potremmo andare in Olanda, affittare delle biciclette e percorrerla tutta con un sacco sulle spalle, fermandoci dove ci pare e incontrando gente sconosciuta, nuova, uomini e donne.

Si tira su a sedere urtando il passeggero accanto che dormiva.

– Sí, dài! Guarisci presto che lo facciamo...

– L'ho fatto, ora, tutto, lo sai che vado forte con la fantasia.

– Eccome, ti ricordi quando in montagna raccontavi ai bambini qualsiasi cosa e loro neanche si accorgevano di camminare... Laura, tu sei la piú libera di tutti noi, perché ti sei messa nel ruolo di quella che soffre? Lo sai anche tu che con Piero non c'era piú l'amore di prima. Sei una donna di valore, perché fai cosí?

Com'è ingenua, ma forse è per questo che è riuscita a voltare pagina all'improvviso.

– Proprio perché sono una donna di valore, Marta, per questo faccio cosí. Te l'ho detto, mi porto dietro tutti i bagagli, anche i bauli, però non escludo di poter comprare un giorno una nuova sacchetta leggera e pratica con cui partire per un nuovo viaggio. Ma in una delle tasche laterali, potrai sempre trovare un piccolo kit di ricordi, pronto per la nostalgia.

11.

È tutto chiaro, nero su bianco: ho un piccolo tumore, molto piccolo per fortuna (se ne è accorta in tempo, signora!), mi operano subito. Aspetto le carte per il ricovero davanti all'ufficio. Non ho paura, il chirurgo è bravo e mi ha detto che non ha nessuna preoccupazione, neanche a livello estetico. Non si vedrà niente. Miriam mi ha portata in questo posto che non sembra un ospedale ma un campus universitario. Marta è ripartita e mi ha affidata a lei. Nella sala d'aspetto, prima della visita, ho visto coppie di tutti i tipi: alcune si tenevano per mano, o aspettavano abbracciate, c'erano amiche, genitori e figlie, marito e moglie che neanche si guardavano, come se l'inimicizia non cedesse neanche di fronte alla malattia o ne fosse in qualche modo la causa, e poi foulard, parrucche e copricapi. Il modo in cui le donne scelgono e annodano i tessuti intorno alla testa rivela il loro carattere ancora piú di un vestito. Le rigide coprono il cranio come fossero delle suore, le fantasiose scelgono fiori e colori, le ragazze avvolgono la testa in un modo aggraziato, sembrano delle odalische o delle hippy. Gli uomini non ne hanno bisogno.

Accanto a me c'è un uomo con la barba, i capelli spioventi sul viso segnato ma ancora giovanile. Guardo l'orologio, è piú di un'ora che sono seduta a aspettare. Mi alzo, passeggio e mi risiedo. L'uomo mi lancia uno sguardo e poi mi dice:

– Sono efficienti in tutto tranne che per questa parte, carte e burocrazia.

– Lo vedo...

Non mi va di attaccare discorso, ma neanche di essere antipatica.

– Anche lei deve essere operato?

– Aspetto i documenti per la pensione di reversibilità di mia moglie.

Capisco al volo.

– Mi dispiace.

– Non si preoccupi. Per me non la chiederei, ma i miei figli sono adolescenti.

Mi guarda.

– E lei, deve essere operata?

Annuisco.

– Una piccolissima cosa al seno.

– È venuta qui da sola?

– Mi ha accompagnato un'amica, ora si sta occupando di trovare una sistemazione qui per una sera, mi ricoverano domani, abito a Roma.

È brusco e timido, ha bisogno di parlare e allora gli chiedo:

– È stata una malattia lunga, quella di sua moglie?

Annuisce.

– Molto, sí.

Gliela vedo nelle pieghe del viso. Torna a leggere e io a guardare l'orologio. L'intervento mi fa paura, non sono mai stata operata. I tre figli sono nati naturalmente, e ho – avevo – una salute di ferro. A Piero veniva una febbre violenta all'anno, giaceva nel letto morto, trentanove o quaranta, come i bambini. Dopo qualche giorno si rimetteva in piedi, pallido, gli occhi dolci. La sera mi veniva voglia di fare l'amore. Si preoccupava:

– Sono stato all'altezza o l'influenza mi ha indebolito troppo?

Non sono mai riuscita a fargli capire che proprio in quei giorni mi attirava di piú, quando smetteva l'aria indisponente e volutamente spiritosa. Dopo la febbre parlava meno, diventava pensoso e io lo desideravo. Abbasso lo sguardo sulle mani di quest'uomo e immagino che mi accarezzino il seno, mi spoglino. Solo un paio di mani maschili staccate dal corpo e da una mente che non conosco. Ho fantasie potenti. Mi sto bagnando tra le gambe: la mamma perfetta, l'insegnante tradita dal marito, è una donna carnale e, ora che è libera, potenzialmente scopabile dal primo uomo che incontra. Rido, se solo Piero avesse capito chi sono. In realtà, mi interessa sempre tutto in rapporto a lui.

– Non abbia paura, è un piccolo intervento assolutamente banale.

È sempre a testa china sul libro.

– L'ha letto nel libro?

Scoppia a ridere, mi guarda.

– So tutto in materia. E poi ho anche notato la fede al dito e mi sono chiesto perché suo marito non è con lei. E poi ho fatto congetture sulla sua età.

– Dev'essere un libro noiosissimo!

Ha occhi tagliati e scuri, ironici.

– È un giallo ma ho già capito tutto.

– Lei capisce molte cose.

Sorride.

– Ho cinquantanove anni, sono separata da sei mesi, tre figli adulti fuori casa.

– E suo marito non l'ha accompagnata?

C'è un giudizio nella sua voce che non mi piace.

– Non lo sa. Non mi piace essere compatita, semmai amata. La malattia non unisce.

Mi fissa, sta pensando alla moglie. Gli vorrei chiedere come l'hanno attraversata, e come si sono lasciati, loro che non lo volevano. Ma in quel momento scatta il display al muro, è il suo numero. Si alza e mi tende la mano.

– Roberto. Auguri!

– Laura, auguri anche a lei.

Storce la bocca.

– Non so esattamente per cosa, ma li accetto volentieri.

Ho fatto tutte le pratiche per il ricovero. Nella hall dell'ospedale, aspetto che Miriam mi venga a prendere. Entro in uno dei bagni, la porta e l'interno sembrano quelli di una baita di montagna. Una di quelle in cui ci fermavamo a mangiare con i bambini, dopo le lezioni di sci. Piero si occupava di Francesco e io di Sandra e Lucrezia. Grovigli di tute e scarponi davanti al gabinetto. Per il freddo bagnavano sempre le mutandine. Mangiavamo tutti e cinque al caldo e poi li riportavamo sulle piste. Lui apriva la fila, loro tre in mezzo e io la chiudevo. I bambini cantavano sciando, si superavano, non volevano mai fermarsi. Mi guardo allo specchio e mi vedo piangere. Ma com'è che piango senza accorgermene? Devo starci attenta. Mi sciacquo la faccia, voglio stare bene, sciare ancora con i nipoti, senza di lui. Fuori c'è Miriam che mi aspetta.

– Ho trovato un albergo carino, ma sei sicura che non vuoi venire da me?

– No, vado volentieri in albergo, tanto è solo per una sera.

In macchina, ci raccontiamo delle amiche comuni, figli, amori, matrimoni. Milano è scintillante di una luce fredda e tersa. Potrei cambiare città, forse ha ragione Marta, gettare tutto, vendere la casa, iniziare una nuova vita.

– Senti Laura, mi ha chiamata Piero.

Un tuffo al cuore, mi volto verso di lei.

– Come l'ha saputo? Già, Lucrezia... non c'è modo di farle tenere un segreto.

– Mettiti nei loro panni...

– No, mai piú, l'ho fatto per una vita, ora sto nei miei e non è che siano comodi in questo momento.

– Ha voluto sapere tutto della diagnosi, l'operazione, la prognosi... mi ha chiesto se doveva venire qui.

Mi sta salendo la rabbia.

– E tu cosa gli hai detto?

– Non ti arrabbiare, Laura... Gli ho detto che tu non

volevi neanche che lo sapesse, ma che ovviamente lui doveva fare come si sentiva.

Le loro preoccupazioni sono ricordi lontani di un'armonia spezzata, mi sento sola e voglio esserlo. Respiro e guardo la città dal finestrino. Il mondo è abitato da tanta gente.

– Davanti all'ufficio dei ricoveri, c'era un vedovo che aspettava le carte per la reversibilità della moglie.

Mi lancia uno sguardo.

– In treno con Marta parlavamo del rapporto tra stare insieme e la paura di invecchiare. Ora lei cerca di incontrare persone che non la conoscono, rifà la casa, parla solo di argomenti pratici, presenti, fugge le emozioni, le lacrime, i sentimenti. Ha il terrore di dover affrontare spiegazioni con i figli, con Andrea. Si sente leggera come fosse rinata. Lo so, può sembrare ridicolo, ma io credo che la sua angoscia fosse legata alla paura della morte. Mentre per me è l'esatto contrario: la separazione da Piero mi sembra una morte messa su in vita. Guardavo quell'uomo che non aveva piú niente da aspettare, e mi sono chiesta cosa ne avrebbe pensato.

Miriam scuote la testa, non dice nulla.

– E tu, con il tuo compagno?

Sorride.

– Siamo medici tutti e due...

La fisso stupita.

– E i medici non pensano a queste cose?

– Sí, ci pensano, quando hanno il tempo... ma forse sono anche superficiali e poi la sera ci sentiamo cosí stanchi, tutto il giorno a combattere, a vedere corpi che guariscono e altri no... non parliamo tanto di noi, semmai a tutti e due mancano i figli che non sono venuti. Penso che sei fortunata, non è questa la piú grande sfida alla morte?

Ci penso, in un certo senso ha ragione ma non del tutto.

12.

I volti dei figli intorno al letto, confusi uno nell'altro, come fossero un corpo a tre teste. Uno di loro parla, ma non so chi.

– Mamma, è andato tutto bene, nessun linfonodo preso... è tutto finito.

Chiudo gli occhi. Delle fasce mi tengono stretto il seno, come quando ho avuto la mastite e non riuscivo a allattare Sandra. Lui non c'è, non è venuto. Perché? Cos'è successo tra noi? Non mi ricordo niente. Abbiamo litigato? È fuori per lavoro? Forse è rimasto a casa con i bambini. Ma loro sono qui e non sono piú bambini.

– Dov'è papà?

Si scambiano occhiate. Forse sta male e non me l'hanno voluto dire. Mi batte il cuore, non capisco. Qualcosa deve essere accaduto ma non mi ricordo nulla, c'è solo la sua assenza ora, che deve avere una ragione.

– Perché non è venuto? Cos'è successo?

Si guardano di nuovo. Francesco parla, somiglia tanto a lui.

– Mamma, vi siete separati e tu non lo volevi qui...

Separati? Quando? Che vuol dire separati?

Un'infermiera si avvicina al mio letto.

– È confusa per l'anestesia, signora, tra poco tornerà tutto a posto. Stia tranquilla, ci sono i suoi figli e l'operazione è andata benissimo.

Ma certo, ci siamo separati un milione di volte, quando lui era in viaggio, quando ero in vacanza con i figli e lui mi raggiungeva il fine settimana... Lucrezia mi sorride.

– Come ti senti, mamma?

– Bene... ma non mi ricordo cos'è successo... non capisco perché papà non è qui.

Sandra mi prende la mano.

– È tutto a posto mamma, niente di grave, non te lo ricordi perché ti hanno addormentata, tra poco ricorderai tutto.

– Cosa?

Sandra è razionale, distaccata, deve spiegarmi.

– Sei mesi fa papà è andato via di casa, ti ricordi? Ci hai chiamato e ce lo hai detto. Vi siete incontrati, ne avete parlato. Prima ci sei stata male ma poi stavi meglio, e ora hai avuto questa piccola operazione. Andrà tutto bene, mamma.

Un calore interno che parte dallo stomaco e si allarga fino al cuore, alle braccia, alle gambe, sudo: sí, è accaduto. La mattina presto, all'alba, era già in piedi e me lo ha detto. Le mani, le guance, gli occhi, il pigiama sgualcito, i capelli dritti in testa. Il suo corpo intimo, familiare, quello di tutti i giorni. Le parole non avevano nessun significato, o ne avevano in un altro mondo, non nel nostro soggiorno, seduti al tavolo della cucina, lavandoci i denti in bagno, lui sotto la doccia, mentre si friziona la testa con l'asciugamano, prende le mutande pulite dall'armadio, i pantaloni, la camicia, i calzini. Le due verità, quella delle parole e quella dei gesti, non si sono mai unite nella mia mente né quella mattina né ora, forse non si uniranno mai. È vero, non volevo che lo sapesse, ma se l'ha saputo, perché non è qui? Balbetto:

– Scusatemi, ero confusa, va tutto bene... ma perché siete qui voi?

Mi sorridono tutti e tre insieme.

– Come potevi pensare che non saremmo venuti, mamma?

Già, come potevo pensarlo? I figli restano.

Mi hanno tolto le fasce, non si vede nulla, aveva ragione il medico, mi sento ringiovanita. Ho fatto amicizia con una donna del reparto, ha la mia stessa età, è una giornalista. Anche lei si è separata un po' di anni fa e ora sta con un uomo piú giovane di lei.

– Ma io lo so perché mi è venuta questa cosa, – mi ha detto, – il mio ex marito mi ha fatto la guerra, anche usando i figli.

Ci siamo date consigli e abbiamo confrontato le cure. Dovrò tornare ogni due settimane qui a Milano per delle terapie, il tumore era piccolo ma insidioso.

Mentre passeggiavo nel giardino dell'ospedale ho incrociato di nuovo il vedovo. Giacca ciancicata, capelli disordinati, occhiali, occhi scuri e vivaci. È piccolo di statura, mi è sembrato piú giovane.

– Oggi ho ritirato tutti i certificati, e lei? È andato tutto bene?

– Molto bene, esco dopodomani. Sono venuti i figli a mia insaputa, ora si danno il cambio.

Quando sorride sembra un ragazzo distratto.

– E perché non voleva farglielo sapere? Allora che li facciamo a fare?

– Be', non certo per accudirci! L'amore scende e non sale, diceva mia nonna.

– Frasi da nonna, descrivono le cose come non dovessero mai cambiare.

Lo guardo incuriosita. Mi invita a prendere un caffè al bar dell'ospedale. Mi dice:

– L'ultima volta che ci metterò piede.

Nel frastuono del bar, tra camici bianchi e pazienti, ci scambiamo informazioni. Insegna Fisica all'università, sua moglie era una collega.

– Due fisici in casa, poveri bambini.

– Al contrario, i fisici sono ottimi genitori.

– Sí, e perché?

– Hanno forte il senso della relatività.

Rido.

– Non ci avevo mai pensato...

– Lei cosa fa?

– Insegno anch'io, ma al liceo, francese.

– Perché è venuta a Milano a curarsi?

– Una mia amica mi ha consigliato di venire qui. E poi avevo voglia di andarmene da Roma, non volevo restare lí, il corteo di amici e parenti, mio marito...

– Per via della separazione?

Arrossisco.

– Come lo sa?

Sorride e gli si formano sotto gli occhiali rughe allegre.

– Me lo ha detto lei subito, quando ci siamo incontrati. È una cosa molto fresca...

Annuisco.

– Freschissima.

– Ci ha sofferto?

È molto diretto per essere un uomo.

– All'inizio moltissimo, anche se forse avrei dovuto aspettarmelo, ora sento la perdita della nostra vita insieme.

Sorride.

– So di cosa parla.

– Mi scusi, avevo dimenticato per un attimo... Da quanto tempo è...

– Un anno, sono avanti a lei di sei mesi. Zucchero bianco o di canna?

– Canna, grazie.

Apro la bustina e come al solito ne verso la metà sul piattino.

– Mio fratello si è separato qualche anno fa e proprio l'altra sera ne parlavamo. In fondo si tratta sempre di una perdita. Ma contro la morte non puoi fare nulla, lo so io che l'ho combattuta strenuamente per dieci anni.

Lo guardo.

– Dieci anni... era un grandissimo amore...

Fa la stessa smorfia di quando ci siamo incontrati la prima volta.

– Sí, ma è tutto molto piú complicato di cosí. Comunque nel suo caso forse è difficile abituarsi a non condividere piú nulla con lui, che magari abita a qualche strada di distanza. I ricordi... Lei come fa con i ricordi?

– Me li tengo, e lei?

– Applico la legge del tempo in fisica.

– Cioè?

– Nello spazio il tempo fluttua, passato, futuro, presente cambiano posizione a seconda degli eventi, sono dati contingenti. Certe volte penso che io e mia moglie dobbiamo ancora incontrarci, o che tutto è già successo o accade adesso. Come quando ci siamo scontrati lei e io casualmente, e ora le sto parlando di Valeria, bevendo il caffè, tutto è di nuovo presente.

Le sue parole dilatano le pareti del bar, mi pare di essere in uno spazio vuoto: le tazzine, i cucchiaini sono sospesi in aria privi di gravità, e lo zucchero versato sul piattino ci cade in testa come polvere di neve.

– Bello e liberatorio...

Sorride, raccogliendo lo zucchero rimasto nel fondo della tazzina.

– Il dolore non è prodotto dall'assenza, almeno non per la mia testa di fisico. È l'amore che ci siamo scambiati che mi manca perché quello è unico.

Estate

Marta

13.

Odio le vacanze, le ho sempre detestate. Erano obbligatorie, prima i bambini e poi, quando loro hanno smesso di venire con noi, ci sedevamo in salotto a programmarle. Quindici giorni nella casetta di Sabaudia, poi facciamo un viaggio. Dove andiamo? Telefono alla guardiana:

– Dia una bella pulita, e i fiori come stanno? Cosa si è rotto?

I primi giorni passavo il tempo a rimettere tutto a posto per addomesticare l'ansia. Nuotate, cene. Il panico cresceva. A un certo punto, Andrea mi diceva puntualmente:

– Stiamo bene nella nostra casetta, vero? Finalmente ci riposiamo.

Non voglio riposarmi, mi piace lavorare. Vorrei lavorare sempre, magari una settimana in barca a vela con degli amici e poi subito in città. Ad Andrea non è mai piaciuto andare in barca.

– È tutto cosí stretto, le cuccette sono scomode, non si può leggere, si è uno sopra all'altro, sempre in movimento.

Il movimento in mare non mi fa salire l'angoscia, se il mare è agitato ancora meglio, ci si ferma da qualche parte e poi ci si sposta di nuovo. L'obbligo di riposare, le stanze di una casa presa per «le vacanze», mi si stringe la gola. Allora piovono le critiche: non sai goderti la vita, non riesci a staccare, non vuoi parlare.

Prima dell'estate, Elisa e Antonio sono tornati, lui da Bruxelles e lei da Perugia. La mia casa era di nuovo piena, mi faceva anche piacere, ma non del tutto, lo devo confessare. Sono i miei figli, li amo, ma vogliono parlare, capire.

Un sera, mi convocano in salotto. Seduta al centro tra loro, mi sento un'imputata. Antonio è il piú ostile.

– Mamma, si può fare tutto, è la vostra vita, ma una spiegazione la devi dare a papà, a noi. Non puoi solo ripetere sempre la stessa frase come un mantra: «voglio stare sola», che significa?

Cerco di alleggerire.

– Sto bene cosí, ho fatto la moglie e la madre, mi è piaciuto molto e ora voglio stare sola.

Si scambiano uno sguardo affranti. Elisa prova il sistema dolcezza:

– Mammina, ma nessuno, proprio nessuno, vuole stare sempre solo. Tutti hanno bisogno dei propri spazi, di stare anche soli, ma non sempre! E poi la casa è grande e ci vivevate in due, siete autonomi, lavorate, nessuno dei due dipende dall'altro. Di' che non vuoi piú stare con papà, che ti piace un altro. Altrimenti cosa ne ricavi tu da questa solitudine?

Bella domanda, se sapessi rispondere avrei risolto tutto: il panico, l'impossibilità di vedere e parlare con Andrea, forse sarebbe anche possibile vivere di nuovo con lui. I due giudici saccenti mi fanno sentire in trappola. Sorrido:

– Ci facciamo un bel caffè?

Antonio si tira indietro il ciuffo, è furente.

– Ne abbiamo già presi due, mamma. Prova a rispondere alle domande invece.

Come a scuola.

– Ok, ci provo. Credo di avere avuto sempre questo disagio dentro, ero molto innamorata di papà, ci siamo sposati... ma ora a mi è esplosa dentro questa paura...

Antonio mi pressa.

– Quale paura?

Elisa lo ferma.

– Lasciala parlare, non sono cose facili da dire...

Si voltano tutti e due di nuovo verso di me. Sospiro, pensavo di aver detto tutto ma nei loro sguardi vedo che sono solo all'inizio.

– Paura... non so di cosa, se lo avessi capito...

Antonio è implacabile.

– Fai degli esempi concreti.

– Concreti, dunque... paura di dover parlare, spiegare, come mi chiedete ora. Paura di dire a papà che per me le cose non sono cosí semplici, che ho bisogno... di potermene andare... che tante cose che abbiamo fatto insieme lasciavano indietro una parte di me...

Mi sta salendo l'ansia, non voglio andare in profondità: emozioni, sentimenti, amore, mi mettono il panico. Cerco di buttarla su qualcosa di piú pratico, leggero. Vuole concretezza e allora gliela do.

– In fondo anche il mio lavoro è cosí, per questo me lo sono scelto... cambio sempre tutto nelle case, le trasformo, forse è per quello che... sono fatta cosí...

Non attacca.

– Non dire cazzate, mamma.

Elisa lo redarguisce.

– E dài, Antonio!

Lui si alza, passeggia nervosamente.

– Ora ci vuoi dire che ti sei separata da papà per trasformare la casa, che è quello che hai fatto subito, effettivamente. Verde scuro alle pareti, le nostre stanze sono irriconoscibili, la tua sembra un'alcova. Quanti anni hai, mamma?

Questa la so:

– Cinquantotto.

– Appunto.

Calo lo sguardo sul tavolo davanti al divano. Non ho buttato i vecchi posacenere, domani lo faccio. Sussurro:

– Be', la vita è lunga, spero di avere davanti almeno una trentina d'anni ancora...

Antonio si volta bruscamente.

– Allora è per questo che lo fai, vuoi fare la ragazzina, magari risposarti, ho anche notato che ti devi essere tirata...

Mi tocco freneticamente le guance dove effettivamente ho fatto delle piccole, minime iniezioni.

– Io? Ma figurati... e non intendo affatto risposarmi, mai, non voglio fare la ragazzina, ho coscienza esatta della mia età, ma voglio sentirmi libera! Anche di non rispondervi, ok?

Mi alzo, e vadano al diavolo. Basta.

Sono rimasti ancora una settimana, non ne abbiamo piú parlato. Sono andati fuori a cena con Andrea. Elisa è rientrata con gli occhi rossi. Antonio è andato a dormire sbattendo la porta. Ma poi sono tornati di buon umore, l'organizzazione delle vacanze li ha assorbiti. Il futuro è davanti a loro.

Non so nulla di Andrea, se ha avuto il coraggio di andare nella nostra casa al mare o se abbia deciso di fare un viaggio. Ne abbiamo fatti tanti insieme. Viaggiando stavamo sempre bene, alberghi, spostamenti, musei, amore, non ci siamo mai annoiati. Ma perché non abbiamo continuato a farlo, invece di andarci a rinchiudere a Sabaudia? Magari andrà dove siamo stati insieme, per riappropriarsi dei luoghi da solo, ma conoscendolo penso che sceglierà posti nuovi. E io? Sono qui, all'inizio di agosto, non ho fatto programmi e sto bene. Emanuele mi ha invitato a Tel Aviv e forse ci andrò qualche giorno, per il resto farò esattamente come mi va. La sua casa è finita e ne siamo soddisfatti, abbiamo creato in ogni stanza il senso di un vuoto che non vuole essere riempito. Nella camera da letto, la parete accanto alla finestra è senza mobili, c'è solo un quadro che Emanuele ha portato da Israele. Il suo ritratto a diciotto anni, dipinto da un artista abbastanza noto. Ha gli occhi chiari, spalancati sul mondo, ingenui e coraggiosi. Dopo aver fatto l'amore, guardo il mio amante da giovane e mi viene in mente la canzone di Bob Dylan: *Forever Young*.

È quello che cerchiamo lui e io? L'eterna giovinezza? Ha ragione Antonio che voglio fare la ragazzina? Non mi pare, oppure è la forma che prende in me la paura di invecchiare: non legarsi, non vivere emozioni troppo intense. Se penso a me vecchia e ammalata, mi auguro che ci sia qualcuno pagato per accudirmi, non i miei figli e neanche Andrea. Se mi immagino lui nella stessa situazione, non voglio vederlo, preferisco mi odi e muoia col conforto di qualcun'altra. Per tutti gli anni che siamo stati sposati, ho tenuto dentro questa angoscia, ho cercato di essere una madre affettuosa e una moglie rassicurante, su cui lui poteva contare. Quando gli dicevo che mai avrei fatto come mio padre: abbandonare tutto da un giorno all'altro, ero sincera. Ma c'è un buco in me che non riesco a colmare, come il vuoto che ho lasciato in ogni stanza di questa casa dove ogni tanto facciamo l'amore.

Emanuele mi telefona.

– Sono qui, vieni?

E io arrivo, ho le chiavi che mi ha dato per ristrutturarla.

– Tienile, puoi venirci quando vuoi e mi piace sentirti entrare in casa come una moglie.

Una volta al mese, qualche volta di piú, altre meno, facciamo questo gioco del marito e della moglie. Mi tolgo le scarpe all'ingresso, ho fatto la spesa. Gli piace mangiare cose semplici: hamburger, ketchup, patate fritte. Come un ragazzo. Non beve, io mi verso un bicchiere di vino rosso. Mi racconta quello che ha fatto nel tempo in cui non ci siamo visti, e io faccio la stessa cosa. In televisione scegliamo un film o una serie, ma non arriviamo mai alla fine. Non facciamo l'amore sul divano, troppo da amanti. Andiamo in camera da letto, ci spogliamo, lasciamo sulle sedie i nostri vestiti. Ci amiamo lentamente, senza furia, con dolcezza, senza curarci delle imperfezioni fisiche. La mattina lui è già ripartito e io sono sotto la doccia della mia casa da single. Cosa c'è tra noi? Non lo so. So cosa non ci può essere, si è la moglie vera di un solo uomo.

Tutte le mattine cammino un'ora a Villa Borghese, è piena di turisti. Attraverso la città deserta e mi rifugio nei vialetti all'ombra. Mi siedo, chiudo gli occhi e ascolto le mille lingue intorno a me. Sento il mio corpo sudato, sono una donna sola su una panchina. Certe volte mi penso come la ragazza che ero a vent'anni o la bambina che ha visto scomparire il padre da un giorno all'altro.

Ho dodici anni, torno da scuola, nell'ingresso c'è la giacca, l'odore delle sue sigarette. Nel salotto, la nonna e il nonno mi accolgono abbracciandomi stretta. Una delle sorelle di mia madre ha gli occhi rossi. Lei dov'è? Non lo chiedo. Vado in camera mia, lascio la cartella, mi siedo sul letto e aspetto. Entra la zia e mi porta nella loro stanza. Mia madre è sotto le coperte, gli occhi rossi come avesse la febbre. Mi stringe a sé, non mi piace, è troppo calda, troppo disperata. Mi prende le mani.

– Papà è andato via.

La guardo senza dire niente.

– Mi ha lasciato una lettera, non torna piú. Ha detto che ti scriverà, che potrai andare a Parigi a trovarlo, ma tra un po' di tempo, non ora, appena si sarà sistemato.

So che è andato via con una donna perché li ho sentiti discutere molte volte, e la voce di mia madre lo sovrastava sempre. Qualche volta il silenzio di lui era cosí totale, che pensavo fosse morto o svenuto. Quel silenzio è durato tutta la vita. Anche ora non so se sia ancora malato, come mi ha scritto l'infermiera che lo accudisce, o se sia morto. Ma forse lo avrei saputo. Non si è mai sistemato né mi ha mai scritto, non so che vita abbia fatto, se sia rimasto con quella donna o se ne abbia avute altre. Uno dei primi ragazzi con cui sono stata, e a cui ho raccontato la storia che mi ha reso orfana, ha dato la sua interpretazione, che continua a sembrarmi l'unica.

– Non ce la faceva a vederti, semplicemente non gli era possibile.

Ogni volta che litigavo con mia madre, mio padre era

tra di noi, per difendermi o per l'odio che provavo, perché mi aveva lasciato con lei che parlava troppo, sentiva troppo, amava troppo. Somiglio a un fantasma, forse non so molto di me perché non so niente di lui.

– Sei come tuo padre!

Era la peggiore delle calunnie, per me tutto sommato un complimento, anche se mi aveva abbandonato, anche se aveva reso mia madre isterica, mi piaceva sentirmi senza cuore come lui.

Quando ho conosciuto Andrea, è cambiato tutto. Lui mi ha promesso, senza dirmelo, che non sarebbe mai andato via cosí, e a me è sembrato per molti anni rassicurante, la necessità dell'amore che finalmente sentivo per un uomo. Poi, negli anni, mio padre è tornato. Ora potrei dire come lui: «Non ce la facevo a restare, semplicemente non mi era possibile». E non mi è neanche possibile spiegarlo ad Andrea né a chiunque, perché in effetti non lo so bene neanche io. Forse con Emanuele condivido la stessa malattia, anche se non ne parliamo esplicitamente per fortuna, ma è tra noi quando facciamo l'amore e nell'arredamento della sua casa per metà incompiuta.

Andrea

14.

Trovare un posto in cui non siamo stati insieme è praticamente impossibile. I ragazzi mi hanno detto che lei resta a Roma, ci credo! Furbissimo da parte sua, cosí non va incontro ai ricordi, li ha aboliti, per non correre rischi pare che abbia cambiato anche la casa da cima a fondo. Stronza, che coraggio c'è a tirare una linea dritta: prima questo e ora quest'altro. Beata lei che ci riesce. Sono stato giorni in casa con una cartina dell'Europa per decidere dove volevo andare. Nessun mare, evitare in ogni modo: la vedo subito che nuota davanti a me e ci mettiamo a ridere dentro le maschere, indicando un gruppo di pesci. Abbronzatura, cena, amore. Impossibile. Ho chiamato la guardiana per dirle che non andavamo.

– Ma come non venite? Neanche qualche giorno? C'è la pompa dell'acqua che non funziona, alcune piante sono morte, sa quelle che aveva piantato la vostra giardiniera, c'è umidità sulle pareti della stanza da letto, andrebbero ridipinte.

Il tempo consuma le cose e noi dietro a rimetterle a posto.

– Quest'anno non facciamo niente, lasci andare tutto in malora!

Deve aver pensato che sono impazzito. Qualche mese prima della separazione, Marta aveva chiamato una sua amica che si occupa di giardini. Il nostro è piccolo ma lei voleva dargli lo stesso ordine e la stessa armonia che aveva costruito all'interno. L'anno scorso, dalla finestra della casa, le vedevo discutere e indicare aiuole, nomi difficili di piante e fiori. L'amica spiegava teorie sui colori, resistenze, fioriture. Durante la primavera, mentre noi ci lasciavamo, la giardiniera – come la chiamava astiosamente la guardiana – ha scavato, gettato, piantato con grande energia. Alla fine, inconsapevole di quello che era accaduto tra noi nel frattempo, ci ha mandato una mail a tutt'e due col risultato del suo lavoro e la cifra da pagare, che finiva cosí: «Ci vorranno un paio d'anni perché le forme, crescendo, prendano gli equilibri e i contrasti previsti; ma nei giardini la pazienza è indispensabile, e parte del piacere l'attesa». Ho evitato di lanciare il cellulare contro la parete. Poi ho pensato all'effetto che doveva aver fatto a Marta. Programmi un giardino da godere negli anni e poi decidi di separarti all'improvviso. Ridevo tra me: vedi quanto sei incongruente, illogica! La mail te lo dice nero su bianco. Hai buttato via tutto in un attimo! Il piacere dell'attesa... da morire dal ridere. Non ha risposto alla mail, o non mi ha lasciato in copia. Fuori! Sparisci! Non voglio piú sapere niente di te.

Sulla cartina, ho eliminato la maggior parte dei Paesi europei. Per ogni zona scartata, il mio prestigiatore interno fa apparire decine di ricordi.

Siviglia, Granada: a spasso tutto il giorno come pazzi, la Giralda e la Torre dell'Oro, le trattorie di pesce intorno al mercato, la fotografia che lei mi aveva fatto a Cordova davanti alla statua di Maimonide.

Parigi, non c'è una strada in cui non siamo stati insieme.

Londra, stessa cosa.

Monaco e Berlino, proibite: in Germania restano le città del Nord che sono state interamente ricostruite e le foreste, ma che ci vado a fare? Distruzione e malinconia.

Grecia, con i bambini tantissime volte.

New York, piango subito.

Venezia, Firenze, Palermo, Catania, le isole, Napoli, le isole, Orvieto, Assisi, Spoleto, Gubbio, le ville venete, l'intera Puglia. Non c'è un cazzo di posto dove posso andare senza vedermela comparire davanti! Ho appallottolato la cartina e l'ho lanciata contro il muro. Degli amici mi hanno invitato in Sardegna, in Grecia, in montagna. La montagna l'avevo dimenticata: passeggiate con i bambini, mountain bike, rifugi. Non andrò mai piú a sciare, questo è certo. Potrei andare in Sud America, dove non sono mai stato, ma i giorni di vacanza sono troppo pochi. C'è un solo Paese dove voglio andare da sempre, una volta avevamo preso i biglietti e prenotato alberghi, ma poi all'ultimo momento avevamo dovuto rimandare perché era morta la madre di Marta: Israele. Vado in Israele e mi porto dietro la vomitosa. Con Vittoria siamo usciti altre volte, ristorante di carne, nessun crostaceo, e la serata è finita nel suo letto, con le lenzuola di lino, che aveva certo preparato per l'occasione. Scopata corretta, corpo carino e accogliente, ginnastica, niente di piú. Siamo diventati amici, cene, cinema (sempre sperando di incontrare Marta), musei, passeggiate. La chiamo, è felice di venire una settimana con me a Tel Aviv e Gerusalemme.

– La prima volta da tanto tempo che faccio le vacanze con un fidanzato!

La parola fidanzato si usava anticamente per due che si sarebbero sposati, oggi serve a definire una relazione leggera che soprattutto non prevede il matrimonio.

Una settimana prima di partire, vado a cena con Antonio e Elisa. Ce la metto tutta per essere elegante, tranquillo, vincente.

– Papà sei in grandissima forma! Mi sa che ti vedi con qualcuna.

Antonio mi accoglie cosí. Elisa invece è nervosa.

– Antonio sei fissato! Ci vorrà pure un po' di tempo a due persone che sono state insieme una vita, prima di trovarsi altri compagni!

«Altri compagni» mi mette in corpo la gelosia.

– Anche mamma è in grandissima forma?

Mi guardano perplessi.

– Lo chiedevo solo per avere notizie della sua salute, dato che non ci sentiamo né vediamo da quasi otto mesi.

Antonio si fa una risatina.

– Bollettino mamma: sta bene, lavora molto, non farà vacanze, non risponde alle domande riguardanti la sua decisione, penso che ne parlerà col tempo con te. Ti è sufficiente?

Tempo, quanto? Questo tempo che passa e non passa mai, non annulla le distanze, i pensieri, le malinconie. Per lei prendere tempo è la salvezza, per me un supplizio. Comunque con loro devo reggere il gioco, altrimenti vanno a raccontarle che sono disperato, che mi manca tantissimo, che la mia vita non ha senso eccetera eccetera, e addio! Il pietismo è il contrario esatto del desiderio. Cambio subito discorso.

– Parliamo di voi, eliminiamo l'argomento mamma e separazione.

Con l'egocentrismo dei ragazzi, aderiscono subito. Antonio esce con una ragazza nuova, non gli dispiace ma non è un grande amore. Elisa è sola e non le importa, ha avuto un fidanzato (riecco la parola) ma ora si sono lasciati, non ci teneva molto. Mi raccontano con fervore i loro progetti di studio e lavoro. Mi accorgo di non ascoltarli. Seguo il movimento delle mani di Elisa mentre parla, lo stesso della madre: dolce la voce, determinati i gesti. Marta, Marta, dove sei? Il nostro tavolo è sistemato per tre, ma un lato prevede un altro commensale. E allora mi si annebbia la vista dietro gli occhiali. Penso ai pranzi estivi con loro, quando partivano o tornavano, a casa o in un ristorante, come ora. A come li guardavamo fieri di averli cresciuti, contenti che fossero venuti simili e differenti da noi. Noi, esisteva un noi di fronte a loro, oggi solo io e loro. Cosa cambia? Si approfondisce il rapporto col genitore, forse è piú libero, come quando sono partito con Antonio per Cuba e abbiamo fatto cose da uomini. O il viaggio a Londra di Elisa e Marta. Erano rientrate felici come due ragazzine. Ma ora che questa è la normalità, cosa perdiamo? La complicazione di essere in due, con le nostre opinioni diverse, quanto abbiamo litigato per loro! Se è la semplicità che vogliamo, allora meglio cosí. Mi accorgo che sono ammutoliti e mi guardano. Elisa si sta commuovendo, che deficiente sono. L'importante è che Marta non lo sappia, non devo fare la figura del piagnone. Mi tolgo gli occhiali, li strofino con un lembo della giacca. Elisa sospira, mi prende la mano sul tavolo.

– Papà...

Gliela sfilo via.

– Che c'è? Va tutto bene, sto benissimo, solo per un momento ho avuto mancanza delle nostre cenette a quattro, ma sono felice di essere qui e vedrai che il nostro rapporto sarà anche migliore di prima, piú vero. In fondo, mamma mi bloccava, non riuscivo a dirvi quello che pensavo e poi ne discutevamo sempre insieme quando restavamo soli, e litigavamo, insomma tutta una serie di fatiche che non ci saranno piú ora. Vi incontrate con lei, poi con me, si parla liberamente. E voi fate una sintesi tra i due genitori.

Antonio sorride amaro.

– Cioè, noi dovremmo fare il collage tra mamma e te, ma lo sai qual è il problema: che ci mancherà proprio il vostro contraddittorio, ovviamente era ammorbante, tu moralista, dovere, preoccupazione e mamma che faceva sempre la disinvolta: lasciali fare come vogliono, non c'è problema, capiranno da soli...

Mi sto imbestialendo retrospettivamente.

– Oddio quanto mi dava i nervi quando faceva la ragazzina libera e disinibita...

Antonio mi interrompe.

– Ecco appunto, lei diceva le sue cazzate, tu le tue, però nell'insieme si raggiungeva una media... ora saremo come due palline in un flipper. Meno male che siamo adulti... pensa quando succede ai bambini, poveracci.

Dato che ormai saremo soli anche di fronte ai figli, tutto sarà doppio: vacanze, regali, se si sposano ci si dovrà incontrare, ma allora saremo completamente indifferenti uno all'altra. Come sarà essere indifferente a Marta? Non so immaginarmelo. L'ho visto succedere a tanti amici, si abbracciano affettuosamente con le ex mogli e hanno una particolare tenerezza per i loro nuovi compagni, s'informano se sono brave persone, se sono buone, facoltose o altro. Che stupidaggine! A me non succederà mai. Sí, succederà perché niente resta. E oggi il cambiamento ha uno speciale valore positivo. Forse io sono l'incarnazione di un uomo dell'Ottocento: onore, famiglia e fedeltà (solo pochi piccoli tradimenti). Mi viene in mente una poesia di Majakovskij, *Conclusione*, che conservo nel telefonino e che ormai so a memoria.

> Niente cancellerà via l'amore
> né i litigi
> né i chilometri.
> È meditato,
> provato,
> controllato.
> Alzando solennemente i versi, dita di righe,
> Lo giuro:
> amo
> d'un amore immutabile e fedele.

Majakovskij si riferiva alla poesia, ma io non sono un poeta e la dedico all'amore tra un uomo e una donna. Ma a loro, ai miei figli che mi guardano e mi implorano di essere ancora felice, mentirò e dirò che mi sono innamorato della vomitosa o di un'altra e poi di un'altra ancora. Non c'è niente di piú incongruo e antimoderno che amare una sola persona per tutta la vita.

Piero

15.

Questa donna che non posso scopare è diventata la compagna delle mie serate. Esco dal lavoro e ci provo sempre, a proporle un cinema o una cena. L'ideale per me è uscire con lei e chiacchierare, passeggiare, bere un aperitivo. Ogni tanto incontra il suo amante che abita fuori e io cerco qualche altra compagnia o esco con un figlio. Valentina è l'amica che non ho mai incontrato. Non che non la desideri: quando accavalla le gambe lunghe sotto la gonna corta o lecca il gelato (ha labbra carnose e bocca grande), o beve tranquillamente il terzo vodka tonic che non le fa nessun effetto, la porterei subito a letto. Ma il fatto è che mi interessa di piú ascoltarla. Ho anche pianto davanti a lei senza vergogna, la prima volta che mi capita. Parlavamo di Laura, della sua operazione.

– Saresti dovuto andare, anche se ti cacciava. Non per lei, ma per te.

Voleva colpevolizzarmi? Non ci sarebbe riuscita.

– Non me lo ha neanche detto. Durante l'operazione, ho chiamato Sandra e le ho chiesto se potevo raggiungerli, e lei mi ha risposto che era meglio di no, che quando si sarebbe svegliata, vedendomi, si sarebbe innervosita.

Valentina sospira.

– Se mi metto nei suoi panni, so che ha aperto gli occhi e ti ha cercato. E poi lo vai a chiedere a tua figlia?

Mi batte il cuore, mi si stringe la gola. Ora ci si mette anche lei.

– Non eravamo allergici tutti e due ai sensi di colpa?

Trafigge un'oliva nel piattino e se la infila in bocca, ha un rossetto forte sulle labbra. Siamo al roof della Rinascente, con l'aria condizionata, ormai è diventato il nostro posto estivo. Il cameriere ci serve ammiccante.

– Certo, i sensi di colpa non piacciono neanche a me, ma non si tratta di questo, non era tuo dovere andare. Era solo un pezzo della tua vita da affrontare, ma la paura ci frega tutti.

Ingoio, afferro un'oliva ma non con la sua stessa grazia.

– Paura di cosa? Io non ho paura della malattia come molti uomini, ho sempre curato i miei figli quando stavano male, e anche Laura.

– Certo, l'ho capito che sei un uomo su cui ci si può appoggiare, in fondo hai aiutato anche me per il lavoro...

Sputo il nocciolo nel piattino accanto ai suoi.

– E allora?

– Non c'era niente che dovessi fare, solo essere lí e darle la tua presenza in un momento difficile. Avresti incrociato i suoi occhi al risveglio, sarebbe stato bello per entrambi, ma hai avuto paura, come quando da bambino eri terrorizzato di essere rimproverato da tua madre. Laura non è tua madre, Piero, è tua moglie, quando finirai di fare confusione?

Di colpo vedo Laura, fuori dalla sala operatoria, che si sveglia e non mi trova, ho davanti il suo corpo esile, da cui sono usciti i miei tre figli, il seno che li ha allattati e che ho accarezzato mille volte. Cosí mi viene da piangere. Valentina mi guarda senza dirmi niente. Mi asciugo gli occhi col tovagliolo di carta. Lei mi sorride.

– Ormai è fatta, niente sensi di colpa.

Questa donna mi apre la mente, mi fa sentire libero di piangere, di non scoparla, anche di ridere di tutto senza paura. Come quando le ho raccontato che avevo confuso la gravidanza di mia figlia con quella di Sara.

Passeggiavo con Lucrezia e il marito, dopo aver pranzato insieme, sapevo benissimo che mia figlia avrebbe partorito una femmina a fine agosto, ma stavo pensando a Sara, alla cronaca delle sue nausee che mi aveva fatto Valentina, al risultato dell'amniocentesi. Cosí ho detto senza pensarci:

– In fondo sono contento che il mio primo nipote sia un maschietto...

Valentina rideva con le lacrime agli occhi.

– Che ridi, mi hanno guardato come fossi pazzo, un nonno snaturato...

– Un nonno confuso che sta anche per diventare padre. Vedi la fortuna che Sara non ti voglia tra i piedi?

– E se poi ci ripensa, e lo dice a Laura, ai miei figli? Vivo nell'angoscia, Valentina, non dormo, ci penso sempre. Come fai a essere sicura che non dirà mai nulla?

Rideva ancora ma meno di prima.

– Che codardo che sei! Non ti viene neanche un momento l'idea che si tratta di tuo figlio, che forse un giorno ti piacerà conoscerlo...

– Ma se tu mi hai detto che non avevo nessuna responsabilità...

Aveva chiuso la risata con un sospiro.

– Certo, stai tranquillo, vedrai che Sara troverà un altro padre o nessuno. È contenta, anzi direi proprio felice, sta ristrutturando la casa, gode all'idea che non sarà mai piú sola, o almeno non lo sarà per molti anni.

Dovrò convivere tutta la vita col terrore che questo figlio non voluto a un certo punto cerchi suo padre. Che potere terribile hanno le donne, le madri, le mogli.

Con Laura non ci vediamo da mesi, so che si sta curando a Milano, che torna a Roma il fine settimana per aiutare Lucrezia nei preparativi per la nascita. Non so niente neanche di Andrea, con Marta invece ci siamo parlati al telefono. Aveva una voce strana, come stesse da un'altra parte, non quella in cui viveva prima, in cui era sposata con Andrea ed eravamo amici. Mi è sembrata la ragazza sconosciuta a cui avevo chiesto una sigaretta tanti anni fa sulla nave.

– Come stai, Marta, hai la voce strana.

Si è spazientita subito, in questo non è cambiata.

– Tutti a chiedermi come sto, ora anche tu! Sperando che stia male, che la solitudine mi abbia dato alla testa. Sto bene, Piero, sono tranquilla.

Passeggiavo avanti e indietro davanti all'ufficio di Valentina, dovevamo andare al cinema.

– Non ti arrabbiare, è che non ti vedo da un po', sembra quasi che tu voglia evitare qualcosa...

– Evitare cosa?

– Non è che nella storia di una persona ci può essere un taglio netto, niente comunicazione tra il prima e il dopo, come tu fossi entrata all'improvviso nella vita di un'altra.

C'è stato un silenzio, fremevo per chiudere. Valentina era ferma accanto a me, ma mi faceva segno di non preoccuparmi, mi aspettava.

– E se la vita precedente non fosse stata quella mia?

– Ma si può essere molte cose allo stesso tempo, Marta! Perché le tue due personalità sono incompatibili? Perché non hai potuto dire a Andrea di te, di quello che sentivi, del malessere... magari andavate fino in fondo...

– Ma non hai ancora capito, Piero, che è proprio quello che non posso fare: andare in fondo. Mi si chiude la gola, mi batte il cuore, mi viene il panico.

Capivo bene invece, era come quando qualcuno mi parlava della malattia di Laura, della mia assenza accanto a lei.

– Certo che capisco... ma prima o poi dovrai incontrarlo, dare delle spiegazioni a te stessa...

– Lo farò quando potrò.

Alla fine, con Valentina, non eravamo andati piú al cinema, ci eravamo messi a chiacchierare di Marta, seduti su un muretto come due ragazzi. Questo mi piace di lei, niente è fissato e si può cambiare programma all'ultimo minuto. Mi ascoltava. Le raccontavo il mio incontro con Marta sulla nave, l'amicizia a quattro lunga una vita, i figli, le vacanze insieme e ora questa strana separazione congiunta. Ci aveva riflettuto e poi mi aveva detto:

– Ci sono persone che vanno a comprare un pacchetto di sigarette e non tornano piú, non hanno il coraggio di confrontarsi, di parlare. Io lo so bene. Quando ci siamo incontrati la prima volta, ti ho detto che un giorno ti avrei raccontato il mio unico errore, quello che ha poi determinato la mia decisione di non sposarmi mai. Ora te lo racconto.

Cosí me lo ha raccontato.

Valentina ha diciannove anni, immagino com'era: magra ma con un bel seno sporgente, occhi celesti, truccatissimi: vuole sembrare piú grande, rossetto scuro. Si veste dark.

– Mi vestivo dark perché mi piaceva essere bella e tenebrosa, una donna sexy ma che non la dà gentilmente, vuole anche un combattimento.

E cosí va in giro dopo la scuola, prepara la maturità, non è bravissima ma veloce e non si fa fregare neanche lí. Non frequenta tanto i compagni, qualche amica, tra queste Sara. Il suo sogno è incontrare un uomo piú adulto, cosí me lo ha descritto:

– Uno di quelli che stanno finendo l'università o che vedi in treno, che lavorano sempre col computer davanti, la camicia, la cravatta e ti chiedi come saranno nudi. Be' in fondo è come avessero un'armatura, e io fantasticavo di vedere cosa c'era sotto.

Finita la maturità, si iscrive alla Bocconi, le piace l'economia e i suoi genitori possono pagare. Prende una piccola casa con altre due, fa la vita da adulta che sognava: corsi all'università e uscite la sera, anche da sola.

È cosí che lo conosce. Un dirigente di banca, ha vent'anni piú di lei, sposato, figli piccoli, beve un aperitivo con altri colleghi sempre nello stesso bar, prima di rientrare a casa.

– Bello sí, ma neanche tanto, lo spiritoso del gruppo, quello che fa battute sulle donne, è sicuro di sé.

Valentina è seduta con un'amica al bancone, lo guarda e lui se ne accorge. Ci torna altre sere, lui è sempre lí. Finché non attaccano discorso e si piacciono. Primi incontri, dopo averla portata a cena varie volte, nel classico appartamento dell'amico.

– Non vuole fare l'amore subito, vuole che mi metta in ginocchio davanti a lui e glielo prenda in bocca, mi dice che il liquido è buono, che posso ingoiare tutto. Lo fa per scandalizzarmi ma non ci riesce, faccio quello che vuole, per sembrare sicura di me, che cretina! L'unica cosa importante è che non mi consideri giovane e inesperta. Eccolo, il combattimento: lui vuole stupirmi con la sua sicurezza e io col mio corpo giovane.

Si vedono una o due volte la settimana, prima che lui torni a casa. Tutto procede bene, finché lui non inizia a parlare di sé.

Le racconta di come ha conosciuto la moglie, studiavano insieme all'università, lei era molto piú brava di lui, lo aiutava a ripetere e poi prendeva sempre un voto piú alto. Poi la moglie ha iniziato la carriera universitaria, lui è entrato in banca, si sono sposati. Valentina ascolta senza fare domande, senza sapere che quell'uomo le sta impartendo una lezione indimenticabile:

«Se mi chiedi perché l'ho sposata, ti direi perché nel sesso e nei sentimenti la dominavo io. Era infinitamente piú brava di me nello studio, faceva un lavoro piú prestigioso del mio, ma dipendeva da me per tutto il resto. E quando sono nati i figli, allora era fatta, l'avevo in pugno».

Ci eravamo alzati dal muretto e camminavamo alla ricerca di un taxi.

– Per mesi mi ha raccontato com'era diventata la moglie dopo il matrimonio, nervosa, ansiosa per i bambini, convinta che lui la tradisse, come in effetti faceva. Lavorava ma ora i figli e lui, suo marito, erano diventate le sue principali preoccupazioni. Aveva ragione, la teneva in pugno. Non so perché ci sono stata due anni, alla fine lui l'ha anche mollata per me, ma subito dopo l'ho lasciato io. Forse l'ho punito, o invece ho avuto paura che mi volesse sposare. Da quel momento non ho mai piú pensato di poter essere la moglie di qualcuno: quando ti prendi un ruolo, ti resta appiccicato per sempre, io ho quello dell'amante. Il modo in cui mi parlava di lei, non posso dimenticarlo.

Al ristorante, lei aveva ripreso a parlare di Marta:

– Nel matrimonio si gioca una partita per il potere, Piero: anche nelle coppie piú riuscite, piú apparentemente solidali, può scoppiare la lotta. Una lotta sotterranea, che magari non si è mai rivelata. Da un lato c'è la curiosità e la voglia di conoscersi e darsi fino in fondo, e dall'altro c'è il terrore di soccombere.

D'un tratto, mi era tornato in mente quello che mi aveva detto Laura al telefono, prima di sposarci: non rinuncerò mai alla vita che desidero, sono tenace. E mi era venuta voglia di rivederla, sapere cosa stava facendo a Milano, perché continuava a curarsi lí e non a Roma. Sapevo da Marta che aveva preso in affitto una casa. La vedevo, piccola, determinata, cosa stava combinando? Domani l'avrei chiamata, non era normale non sentirsi piú e poi alla fine del mese sarebbe arrivata la nipotina. Che strano essersi lasciati, proprio ora che non la tradivo piú. Ma alla nipotina subito associavo il pensiero di quel maschietto temibile che cresceva nella pancia di Sara. Anche da separati, continuavo ad aver paura della reazione di Laura. Aveva ragione Valentina: quando l'avrei definitivamente separata dall'idea di una madre?

Laura

16.

Milano è rinata, come me. Passeggio per le strade, d'inverno piove spesso, oggi invece fa caldo, troppo. Ma qui mi sento viva, anzi direi resuscitata. Se non avessi il lavoro, i figli e Lucrezia che sta per partorire, mi trasferirei. Io che non volevo cambiare niente in casa, ora la venderei e ne comprerei una qui. Ho preso un congedo per malattia, ma potrei chiedere il trasferimento, ho i titoli per farlo. Intanto ho affittato un minuscolo appartamento a schiera sui Navigli. Marta è venuta da Roma per consigliarmi, si stupiva tantissimo della mia energia. Accanto all'istituto dove faccio la radioterapia, è aperta campagna. In una delle lunghe attese, ci siamo incamminate insieme per una stradina bianca e abbiamo scoperto un lago artificiale per pescatori, con un chioschetto di legno anni Cinquanta, un posto fuori dal mondo. Lei sorseggiava un tè e io una Coca-Cola.

– La malattia ti mette di fronte alla fragilità: per essere sinceri, di fronte alla morte.

Si è voltata di scatto e mi ha guardata.

– Ma sei guarita, no?

Ho sorriso, è la frase che mi ripetono ossessivamente i figli per rassicurarsi. La sua reazione di paura mi confermava che per lei era un argomento difficile, non estraneo alla sua decisione di separarsi da Andrea, di ricominciare una vita nuova senza di lui. Ma le ho risposto solo sulla mia malattia, Marta non voleva affrontare nessun discorso che la riguardava.

– Con tutte le cure che faccio, ho una bassissima possibilità che mi venga un tumore da un'altra parte del corpo, questo sí. Ma comunque piú alta di chi non ne hai mai avuto uno.

– A cui però potrebbe venirne uno incurabile.

– Certo, e in piú io sono monitorata e tu no.

– Stronza.

Sono stupita di me, ho scoperto che dentro la Laura che conoscevo ce n'era un'altra molto nascosta, intimidita. Non che ora io sia diversa da prima, mi piace sempre passeggiare a braccetto con un uomo, dargli un bacio ogni tanto e andare al cinema in due, ma non ho piú paura della solitudine. Certo, quando squilla il campanello del mio monolocale milanese, corro felice ad aprirgli. Adoro quest'uomo, anche se non lo amo. Amore mi sembra una parola non adatta a lui e a me. Siamo due reduci del matrimonio: lui però si è liberato prima del suo fantasma. Non che non fosse legato alla moglie – anzi certe volte la invidio per come mi parla di lei –, ma è uno scienziato e non ha bisogno di farla sparire. La tiene in una piccola urna in casa, e dentro di sé per sempre. Per me invece è piú difficile: Piero è vivo, sono legata al suo corpo, alla famiglia che abbiamo fatto insieme, a lui. E sono una donna carnale e fedele. In questi mesi, Roberto è venuto a cena qui (fa la spesa e cucina, è un cuoco fantastico), siamo andati al cinema, a passeggiare, ma non abbiamo mai fatto l'amore.

Quando squilla il campanello, lancio uno sguardo al mio viso nello specchio, tiro su la maglietta, verifico l'effetto del reggiseno. Ne ho comprati di nuovi, molto sexy. Mai portati prima. Sul seno non ci sono cicatrici, è teso e pieno piú dell'altro.

Quando mi hanno tolto le fasce, l'ho guardato a lungo nello specchio. Stendevo la crema, chiudevo gli occhi e immaginavo le mani di Piero. Piccole mani, ma con le dita lunghe, le macchie scure del sole sul dorso, l'interno morbido. Lo accarezzava senza incertezze, prendeva in bocca il capezzolo che diventava turgido e proteso in avanti, amato come l'altro, forse di piú. Mi stendeva sul letto nuda e piangevo di malinconia, di desiderio e poi anche di rabbia. Molte volte ero stata lí lí per chiamarlo.

«Vieni qui, non parliamo del passato, non diciamo niente, facciamo l'amore, poi te ne vai».

Dopo la malattia, mi permetto di vivere con le mie fantasie, non le reprimo. Prima erano un serbatoio che conservavo per i bambini, per i miei alunni, per spiegare e raccontare storie. Ora sono parte della mia vita di donna, e l'uomo con cui mi incontro le gradisce molto. Anche lui vive la maggior parte del tempo in una realtà che non si può vedere ma che per lui è molto piú vera di quella che abbiamo sotto gli occhi. Squilla il campanello e vado ad aprire a quest'uomo barbuto, con le sacche della spesa, l'espressione sempre un po' incazzata ma gioviale e discorsivo. Si mette in cucina, o meglio nell'angolo cottura, e improvvisa una cena. Gli verso del vino, chiacchieriamo. La sua passione è spiegarmi i quanti, i buchi neri, l'inesistenza del tempo... La moglie condivideva le sue conoscenze, io non ne so molto e in lui c'è il piacere del pigmalione. Mescola il risotto, taglia verdure e mi racconta dell'universo come fosse formato dagli ingredienti concreti di una ricetta planetaria. Io odio cucinare, l'ho fatto per cosí tanti anni. Mi siedo sul divano, lo guardo fare e lo ascolto. Ha le mani grosse, l'opposto di quelle di Piero, con l'interno ruvido e caldo. Mi distraggo a fissarle.

– Professoressa, lei non mi sta a sentire.

Rido.

– Mi scusi, professore, continui pure... è difficile ma molto interessante, e poi gliel'ho chiesto io.

E lui ricomincia:

– Lo so, è molto difficile capire che in realtà il tempo non esiste. O meglio, esiste per esempio quando cuciniamo questo risotto: prima erano chicchi freddi e staccati e poi con il calore si sono legati e ammorbiditi. Il calore misura il tempo e per il risotto esiste un passato e un futuro, e spero che il futuro sia saporito. Ma immagina, Laura...

Mi sono distratta di nuovo, fisso le mani grosse con cui affetta delicatamente le zucchine, mescola e assaggia, aprendo le labbra circondate dai peli della barba...

– Ti sei distratta di nuovo, ma ti interessa o no?

– Assolutamente.

– Per il risotto che ti sto cucinando il tempo esiste, ma se tu potessi vedere, con degli occhiali speciali, tutte le molecole da cui è formato, non solo il risotto, ma la pentola, i mobili della cucina, l'aria, microscopicamente tutto il mondo che circonda il risotto, allora esisterebbero migliaia di tempi per ognuno dei fenomeni che si producono, questi tempi parziali e lo spazio che li racchiude ti darebbero l'idea dello spazio tempo dell'universo che li contiene tutti e in cui si muovono e si relazionano. E capita che sbattendo gli uni contro gli altri casualmente, il futuro all'interno di uno di questi diventi il passato e viceversa... È pronto, siediti che mangiamo.

Intorno al piccolo tavolo ci sono quattro sedie, mangiando il risotto con le zucchine immagino che passato e presente si capovolgano, come aveva detto lui, o convivano. Accanto a noi sono seduti i nostri due ex o futuri coniugi. Sua moglie Valeria, come me l'ha mostrata in una fotografia giovanile, capelli corti, aria da bambina intelligente, un pulloverino verde girocollo; e Piero, come l'avevo conosciuto ai tempi del famoso viaggio in mare, camicia sdrucita, bermuda, capelli lunghi e arruffati, il seduttore caduto nella mia trappola. Mangiamo tutti e quattro insieme e le nostre conversazioni passate e future si accavallano senza un senso chiaro:

Io: «Ora che non sei piú con me, verrò a abitare in questa città...»

Piero: «Vuoi che vada a vedere se Sandra si è addormentata?»

Roberto: «Tra dieci anni finiremo di pagare il mutuo, la casa sarà nostra per sempre...»

Valeria: «Vorrei riuscire a vivere almeno un anno ancora...»

Piero: «Starò fuori tre giorni, quando torno mi prendo una vacanza...»

Io: «Domani è il nostro anniversario...»

L'altra volta, quando, ora, tra dieci anni, per sempre, un anno ancora, tre giorni, domani... il significato di quello che ci è accaduto, la morte, la separazione, è indecifrabile e chiarissimo, un insieme di eventi futuri, presenti, passati, che muoiono e tornano a esistere. La sua mano si posa sulla mia, la contiene tutta, la tiene stretta.

– A cosa pensi? – mi chiede.

Rido e mi accorgo che come al solito mi viene da piangere.

Gli racconto la mia fantasia e lui ci entra subito dentro. Immagina che i due siano qui a controllare che tra noi non succeda niente.

Valeria mi descrive i suoi difetti:

«Sembra tanto gentile e carino, cucina, ti racconta del tempo e dei quanti ma è un egoista e un iracondo. È vero, mi ha curato, ma quando stavo bene non c'era mai, ti avverto, le uniche cose che gli interessano sono la fisica e le partite».

Piero gli racconta di me:

«È una donna pericolosa, se non stai attento ti ritroverai la casa invasa dai bambini, tutto programmato, mai un momento di vuoto, è buona, si occupa di tutti, ma ti soffoca e non ti lascia libero».

Ma noi non ci vediamo cosí, non siamo cosí in questo momento. E lui desidera una donna viva.

– A volte ho pensato che sarebbe stato meglio fosse capitato a me, perché i sensi di colpa ti schiacciano. Pensi di aver fatto tutto quello che dovevi, ma non è vero perché lei soffre e tu no, tu sei vivo e lei no.

E io gli parlo di quella parte di me nascosta, che è venuta fuori dopo la malattia e la separazione.

– Fantastico sempre su tutto, vivo una vita parallela e non l'ho mai messa in pratica. Ti racconto una cosa che non ho mai detto a nessuno, un segreto che condivido con Andrea, il marito di Marta.

Il viaggio del nostro incontro. La nave si alza e si abbassa sulle onde lunghe, il vento è fresco, la vacanza appena cominciata. Ho venticinque anni, sono innamorata di Piero. Quella sera, alla festa, quando mi ha visto in fondo al giardino, l'ho puntato, mi piaceva, volevo lui. A Piero è sembrata una coincidenza ma è stata la mia volontà a metterci insieme. Non so neanche perché, non lo conoscevo, vedevo come si dava da fare con le ragazze, ero attratta dalla sua leggerezza. Sul ponte della nave mangio un panino e mi sento felice, appagata dal futuro che ci aspetta. Piero è andato in giro a cercare una sigaretta e non torna. Non me ne importa molto. Da lontano, vedo Andrea, si aggira sul ponte, guarda il mare, si siede di fronte a me, ci fissiamo. Non distolgo lo sguardo. Mi sorride e ci mettiamo a parlare, naturalmente, senza pensarci, come due che forse si innamoreranno e passeranno la vita insieme. Tutto può essere anche con lui, forse sarei ugualmente felice. Non sappiamo che sul ponte di sopra sta avvenendo la stessa scena tra i nostri compagni. Il loro incontro ce lo hanno raccontato tutta la vita, è diventato il loro passaporto, quelli che fuggono, che se ne vanno. Noi il nostro l'abbiamo sempre taciuto, non ne abbiamo mai piú riparlato neanche tra di noi. Prima di allontanarsi, Andrea mi aveva detto: «Non sono solo».

E io gli avevo risposto: «Neanche io».

Sul tavolo, tolgo la mano da quella di Roberto.

– È solo il caso che mette insieme le persone, nient'altro.

Roberto mi sorride, ha un chicco di risotto impigliato nella barba, glielo tolgo.

– Certo, ci scontriamo per caso come avviene per ogni

evento nello spazio, come è successo a noi all'istituto, ma dopo, la storia che costruiamo è peculiare, bella o brutta che sia, e lí esistono il tempo, il passato, i ricordi e ogni minimo dettaglio che l'ha resa unica.

Mi riprende la mano. Ci alziamo pieni di paura e ci sdraiamo sul letto. Gli sussurro:

– Ho desiderato solo lui per cosí tanti anni.

– Diciamo che è la prima volta per tutti e due e non sempre riesce tanto bene, soprattutto se quei due stanno lí a fissarci in attesa del fallimento.

Ridiamo.

Insieme

… stare insieme e fare cose insieme, come fare l'amore, fare colazione, andare a trovare i suoi amici, guardare film, fare passeggiate, parlare di qualsiasi cosa ci passasse per la testa, tutto legato strettamente ai nostri corpi, al profumo dei suoi capelli, per esempio, al sapore della pelle, alla sensazione di rimanere sdraiati a letto fianco contro fianco a fumare, in altre parole, condividere la vita.

KARL OVE KNAUSGÅRD, *La pioggia deve cadere*.

17.

Il sabato a Tel Aviv le strade sono semideserte e c'è poca gente sulle spiagge. Non il vuoto assoluto di Gerusalemme, una specie di domenica nostra, ai tempi in cui c'era l'obbligo di chiusura dei negozi. Cammino sul lungomare, sono le nove ma fa già caldo. Mi superano corridori, a Gerusalemme non sarebbe possibile, lí puoi solo stare fermo, chiacchierare, pregare. Emanuele è partito per Londra. Abbiamo dormito due notti (già molto per lui) nella sua casa su Dizengoff, un piccolo perfetto appartamento ordinatissimo e spoglio. Ho fatto fotografie, anche se a Roma il gusto dei miei clienti è piú carico. Non accetterebbero mai un soggiorno con due poltrone gialle minimali, un minuscolo tavolo da centro, una libreria bassa con pochi volumi perfettamente allineati, quadri con le cornici bianche sulla parete bianchissima, piccolo tappeto geometrico con sfumature di giallo. La camera da letto è grigia e bianca, il letto racchiuso tra due pareti di brique grigie e una di cristallo. In una casa del genere non puoi lasciare nulla in giro, mutandine, vestiti, anche il libro metti il segno e lo lasci dritto, non sul comodino perché non c'è, ma per terra. Emanuele fremeva per sapere cosa ne pensavo.

– Bellissima, ma mi è venuta in mente, per contrasto, la camera di mio figlio adolescente. Una volta gli ho chiesto come faceva a vivere in quel caos, mi ha risposto che il suo disordine lo avvolgeva come una coperta calda, che lí dentro si sentiva se stesso. Ecco, direi che in questa casa devi essere molto maturo per non avere qualche crisi di angoscia. Ma tu ci stai cosí poco che può funzionare.

Ha riso e quella sera mi ha portato a cena in una delle strade piú trafficate e popolari della città, piena di odori di cibo e di spezie. Al rientro, nel letto perfetto, dietro la parete di cristallo, mi è sembrato di fare l'amore sull'altare di una chiesa. Siamo rimasti svegli, stesi ognuno dal suo lato, nel buio della stanza e, sorprendentemente, lui si è messo a parlare di sé.

– Non so da dove viene la mia irrequietezza, me lo sono chiesto molte volte. Perché non sono capace di fermarmi, avere una casa, un amore duraturo? Ho provato e non ci sono riuscito. Per mio padre sarebbe stato inimmaginabile andarsene, lasciare noi, mia madre, la famiglia. Forse non era una condizione invidiabile, ma in una generazione è cambiato tutto. In effetti però nemmeno io ho lasciato le mie due mogli...

Mi è venuto da ridere.

– Parli come un sultano...

– Ma non le ho avute tutt'e due insieme! Non le ho lasciate però non le ho fatte felici, scappavo, mi inventavo viaggi, lavori... penso di aver inseguito tutta la vita la mia libertà, senza mai conquistarla. Uno dovrebbe riuscire a sentirsi libero anche con altri accanto: se vuoi fare una cosa, la fai comunque. Si può dire che ho cercato di occupare il tempo per non sentirmi solo, ma non potevo veramente stare con altri perché mi toglievano la solitudine. Una specie di dannazione, non trovi?

Mi saliva l'ansia, come mai si era messo a parlare cosí tanto? E si aspettava una risposta.

– Non so, non sono brava a capire questi stati d'animo, neanche i miei. Forse non abbiamo fiducia...

– In cosa?

– Che esista un altro che possa capirci.

Il terzo giorno siamo andati al suo villaggio, dove è nato e dove ha fondato la fabbrica.

Suo padre era un contadino e da ragazzo lo portava a controllare il frutteto e l'orto, per tutta l'infanzia lui ha assistito alla sua lotta contro la siccità.

– Mia madre pregava, mio padre si disperava. Mi veniva voglia di leccare una a una le piantine per farlo contento.

In effetti è quello che poi ha fatto, raccogliendo le gocce di rugiada in una specie di vassoio appoggiato sulla terra, con un foro al centro per la crescita della pianta. Mi ha portata a vedere l'azienda, illustrandomi il procedimento che esporta in tutto il mondo. Ci seguivano un ragazzo e una ragazza in camice bianco.

– Ho aperto un centro studi per il risparmio dell'acqua, sarà il grande problema dei prossimi decenni.

Poi, nell'auto che si ricopriva di polvere, attraversando strade di terra rossa in mezzo ai filari, per raggiungere il villaggio dove viveva sua madre e la sua grande famiglia, mi ha detto:

– Un giorno mio padre ha sputato delle gocce di sangue, di lí a poco è morto, avevo dodici anni.

L'ho guardato stupita.

– Anche il mio è scomparso quando avevo la stessa età, non è morto ma se n'è andato e non l'ho piú rivisto.

Per la madre vedova, appena aveva fatto fortuna con i suoi vassoietti, Emanuele aveva costruito una specie di reggia: una villetta nel mezzo di un giardino pieno di fiori, cucina ultramoderna, salotto con televisore a parete, bagno con jacuzzi. Nella casa vivevano tutte insieme le sorelle della madre, nipotini uscivano da ogni stanza e il giardino era pieno di giocattoli. Voci ebraiche si accavallavano, pianti, risate, richiami, com'era nella casa al mare della mia infanzia, prima che mio padre sparisse, quando passavamo le vacanze tutti insieme con i figli delle sorelle di mia madre. La sua ha ottant'anni, è la primogenita, e passa le giornate a cucinare per tutta la famiglia, non nella cucina hi-tech che le ha arredato il figlio, ma in un angolo del giardino, dove ha ricostruito il cortile della sua vecchia casa contadina. Nel forno cuoce il pane, su un fornello a legna prepara la minestra, galline le starnazzano intorno in cerca di cibo, pela patate seduta su una sedia di plastica e urla di stare zitti ai bambini. Si è fatta baciare da Emanuele, ma lo ha aggredito subito dopo. Lei parlava concitata, lui traduceva per me.

– Dice che sono un disgraziato, che sto sempre fuori e che i miei figli sono come me, che vengono solo una volta l'anno.

Mi sono seduta su un muretto, la guardavo, tortiglioni di bucce cadevano in un secchio che teneva tra le gambe. Di colpo, mi ha fissato, chiedendomi qualcosa, aveva un piccolo tic a un occhio. Emanuele si è messo a ridere.

– Ti ha chiesto se stai per diventare la mia terza moglie.

Ho fatto segno di no.

– Sono già sposata, e ho due figli grandi.

Lei mi guardava severamente.

– Dov'è suo marito?

– Non lo so, ci siamo separati.

Ha ripreso a pelare patate e a insolentire bambini rumorosi. Poi si è alzata e ha rovesciato le bucce in angolo, bofonchiando qualcosa. Le galline si arrampicavano una sull'altra per acchiapparle col becco.

Nell'auto, tornando a Tel Aviv, Emanuele mi ha tradotto le sue ultime parole. Ha detto: ma allora perché vi sposate? Ci abbiamo riflettuto insieme, non giungendo a nessuna conclusione valida, tranne il fatto che siamo una generazione in transizione.

– I nostri figli forse non si sposeranno piú.

Il giorno dopo è partito per Londra.

Ora cammino sul lungomare verso lo stabilimento Frishman, con l'asciugamano e un libro sotto il braccio. Bagnini dall'alto delle loro postazioni, simili a quelle degli arbitri di tennis, fischiano a chi si avventura troppo a largo perché ci sono forti correnti. Mi siedo sulla sdraio, assaporo la solitudine, dopo tre giorni di convivenza. Non sono stata male, anzi, in fondo mi mancava qualcuno con cui commentare le azioni e i pensieri della vita. Ma forse è perché Emanuele sa ancora poco di me e questo mi rassicura, anche se ci somigliamo. Il suo sguardo resta fortunatamente in superficie, con qualche barlume di comprensione piú profonda, che mi stupisce proprio perché viene da uno sconosciuto.

E poi, come accade nei romanzi, ma molto piú nella vita, lo vedo, qualche fila di ombrelloni piú in là, accanto a una donna. Penso subito che mi abbia seguito. Se lo è fatto dire dai figli! No, non è possibile, loro non sanno che sono in Israele. Ha pagato un investigatore privato. Non vuole lasciarmi andare, non capisce che se mi sta sul collo è peggio! Come può essere che per caso siamo tutti e due qui in vacanza? Mi nascondo dietro il libro, piena di rabbia, sbircio la donna che è con lui, sono sicura di conoscerla. Ma certo, una collega dell'agenzia, è venuta una volta a cena a casa nostra. Ha fatto presto a sostituirmi! I figli dicono che è disperato ed eccolo qui, tutto abbronzato, accanto a quella, che avrà anche qualche anno meno di me. Si è fatto crescere i capelli, è dimagrito, sta in forma. Allora ha fatto bene a tutti e due il distacco. Ora l'unica cosa importante è non incontrarsi. Raccolgo i vestiti, le scarpe, l'asciugamano, chiudo il libro e mi dileguo. Sul lungomare mi fermo, mi rivesto e li guardo da lontano. Andrea legge, lei gli chiede qualcosa, poi si alza e va verso il mare, ha un bel corpo. Lui non stacca gli occhi dal libro.

Andrea, mio marito, non sa che lo sto guardando. La fronte alta, stempiata, i capelli non li ha persi mai, anche per quella specie di liquido schifoso che si fa fare in farmacia e si mette tutte le sere, sporcando le federe. Sul collo magro ha delle pieghe, e quando dimagrisce si notano di piú. Sulle gambe pochi peli e ancora meno sul petto. Sotto il costume da bagno immagino il pene e anche, in una frazione di secondo, con un lampo di gelosia, l'amore con la collega. Distante da me lo riconosco e lo amo, ma se si voltasse e il suo sguardo incrociasse il mio, sarebbe pieno di rimprovero, di ansia, di richieste amorose, di dolore, fuggirei subito. E se Andrea fosse nuovo, mai visto né incontrato, come Piero sulla nave quando mi ha chiesto la sigaretta, mi piacerebbe ancora? Lo sceglierei di nuovo? Penso alla decisione di sposare Nataša del principe Andrej, in *Guerra e pace*. Lei balla con un altro e lui pensa: se al prossimo giro si volta verso di me e mi guarda, allora sarà mia moglie. Lo sguardo determina tutto, l'amore ma anche la paura e la fuga.

18.

Nuota bene la vomitosa e ha un bel corpo atletico. È giovane (piú di Marta), carina e sa stare zitta. Doti molto importanti, soprattutto l'ultima. Tiene la nostra stanza d'albergo in ordine, non come Marta che buttava tutto all'aria perché si «riposava» del lavoro casalingo. La vomitosa vuole fare bella figura, mi fa tenerezza. Con lei non ho mai avuto un'incertezza sessuale. La temevo, dopo tutti gli anni di matrimonio. Anzi, negli ultimi tempi, forse perché sentivo il suo distacco, con Marta ho avuto paura di fallire, come mi capitava da ragazzo. Senza amore, si scopa meglio. Con un'amica è l'ideale, non ti batte il cuore, non ti perdi nel suo sguardo, ma non è neanche una sconosciuta, hai capito cosa le piace e lei cosa piace a te. Una bella ginnastica sincronizzata: tu fai una cosa a me, io faccio una cosa a te. Poi ci sono i momenti in cui ti chiudi in bagno o serri gli occhi a letto fingendo di riposare e ti passano davanti agli occhi altri istanti, altre conversazioni a tavola, altre nuotate, un altro corpo, e ti auguri che i ricordi ti abbandonino per sempre. Diventerò come te, Marta, lo so. Non me ne importerà piú niente, né di te né dell'amore. Si vive meglio, comincio a capirlo anch'io, non si soffre, si sta tranquilli, si dorme, si lavora, si beve, si mangia, si scopa.

Vittoria mi sorride prima di stendersi sulla sdraio, ricambio il sorriso, comincio a volerle bene.

– Stasera andiamo a cena a Jaffa, al porto, ti va?

Mi risponde con gli occhi chiusi:

– Moltissimo.

Riprendo a leggere.

– Posso dirti una cosa, Andrea?

La guardo.

– Certo.

– Non sono mai stata cosí felice come in questa vacanza, mai, in tutta la mia vita.

Mi si gela il sangue.

– Sono molto contento di quello che mi dici, tanto contento.

Riprendo a leggere.

– E tu?

Le voglio bene, ma non posso dirle questo, è troppo poco per una che ti ha detto che non è mai stata cosí felice.

– Non sono mai stato cosí tranquillo, Vittoria, mai, in tutta la mia vita.

Sospira, chiude di nuovo gli occhi.

– E la tranquillità è una cosa importante per te, vero?

– Molto, dopo tutto il dolore della separazione, è una sensazione meravigliosa.

Sospira di nuovo e sorride con gli occhi chiusi.

– Allora sono felice anche di questo.

Tel Aviv è stata una scelta giusta, qui non ci sono ricordi, Marta non c'è. Siamo stati a Gerusalemme con una guida che ci ha raccontato le stratificazioni della città, come sono nate le varie parti che ora si fronteggiano, il Monte del Tempio, il Muro del Pianto, la basilica del Santo Sepolcro, la Cupola della Roccia e la moschea di al-Aqsa. Luoghi ostili l'uno all'altro e che pure formano la stessa meravigliosa città. Ho pensato che anche noi siamo fatti di pezzetti che convivono, a volte bene e altre meno, e può succedere che una parte di noi prenda il sopravvento. Forse cosí è successo a Marta. Una parte cresciuta nel silenzio fino a diventare quello che lei sente ora: l'impossibilità di condividere la sua vita con me, dopo averlo fatto per vent'anni. Ma questa è solo la conseguenza di qualcosa che non capisco, che mi scivola dalla mente ogni volta che cerco di afferrarla e di trovare una spiegazione a questa scomparsa. Perché noi non ci siamo separati, lei mi ha cancellato, come fossi morto. Con un morto non si può né parlare né discutere, lo si conserva dolcemente dentro di sé, insieme ai ricordi della vita con lui, come si fossero allontanati naturalmente con la sua fine. Ma cosí non è stato, è questo il punto...

– Non ce la fai proprio a non pensarci...

Davanti al belvedere su Gerusalemme, ho cercato di sorridere mentre Vittoria mi scattava una fotografia col telefonino. È anche intuitiva.

– Qualche volta ci penso, scusami...

Lei mi ha preso sottobraccio.

– Non ti devi scusare... Quel marito che stavo per sposare e poi ho deciso che era meglio di no, ti ricordi te ne ho parlato, dopo ci ho pensato per anni... figurati tu che hai vissuto con Marta una vita intera! Non mi disturba, mi sembra normale.

O è furba, o è sensibile. Tutt'e due le cose. Cosí abbiamo cominciato a parlarne liberamente, cioè io ad asfissiarla liberamente. Trovavo molto interessanti le sue interpretazioni femminili.

– Forse lei non era cosí portata per fare la madre e la moglie, si è sforzata e poi non ce l'ha fatta piú. Non è che tutte le donne hanno la stessa vocazione, e magari quelle a cui il destino non ha dato una famiglia erano le piú adatte e altre, come Marta...

Sorridevo.

– Non parlo di me... dico in generale, non sei sempre quello che ti capita. Perché scusa, altrimenti come si giustifica: tu sei un uomo fantastico, per niente invadente, i figli erano cresciuti, avevate due vite completamente autonome... perché fai una scelta del genere se siete stati felici fino al giorno prima? Vuol dire che dentro di lei c'era un tarlo che rosicchiava, rosicchiava...

L'idea del tarlo che rosicchiava rosicchiava mi era rimasta e ci avevo imbastito un sogno: due tarli, uno maschio e l'altra femmina, facevano a gara a mangiarsi il comò della nostra stanza da letto. La femmina la parte sinistra (il lato del letto in cui dormiva Marta), il maschio quella a destra. Quale dei due tarli avrebbe fatto prima a distruggere il comò, che tra l'altro apparteneva alla famiglia di Marta? Mi ero svegliato tutto sudato, ora che ci pensavo effettivamente c'erano dei buchini sospetti nel comò e avrei dovuto occuparmene appena rientrato. Poi mi ero dato del coglione per quel pensiero, ricordandomi che ero fuori casa da un anno, e forse Marta l'aveva anche venduto. I figli me l'avevano descritta, la casa nuova: colore verde alle pareti, mobili moderni, un letto alla francese, come quello di una studentessa in cerca di avventure. Mi aveva sempre colpito il piacere con cui Marta progettava ambienti nuovi facendo fuori quelli vecchi. Come se immaginasse di abitare per brevi periodi in ogni appartamento che trasformava, ma alla fine si sentisse estranea e fuori da ogni casa, anche la nostra. Avrei fatto meglio a restare, era lei che doveva andare via.

Con Vittoria eravamo a Tel Aviv da tre giorni e contavamo di rimanerci fino alla fine della settimana. Iniziavo ad annoiarmi, avevo nostalgia di casa (quale non lo sapevo), dei figli. Forse avrei potuto aprire la villetta al mare per gli ultimi giorni del mese e farli venire, ma l'idea di entrare nella nostra camera da letto, rivedere la coperta bianca, la spalliera a righe bianche e rosse, le sedie di vimini... mi prendeva il crampo allo stomaco del primo periodo e ci rinunciavo subito. La noia cresceva, non per colpa della vomitosa, o per qualche cosa in particolare che faceva o diceva, ma proprio per quello che non faceva e non diceva. Quelle minime osservazioni, ironie, mezze parole, che erano state rodate in decenni con Marta e ci permettevano di capirci all'istante, di segnalarci un articolo o un libro da leggere, di ridere di certe situazioni al primo sguardo, nei viaggi di scoprire insieme nuovi posti, collegati però nella memoria a tutti gli altri in cui eravamo stati. Mi mancava anche il silenzio, quel meraviglioso silenzio, che nessuno dei due si sentiva in dovere di rompere. E le litigate e le mille ragioni per cui avevo progettato nel corso degli anni di lasciarla, perché pensavo che non eravamo adatti a stare insieme. Ora quei pensieri erano la ragione stessa del nostro matrimonio, la scelta di amarsi e il rischio di potersi lasciare. E provavo a immaginare come facesse lei con queste mancanze e sempre giungevo alla conclusione che lei fuggiva proprio dall'intimità tra noi che a me pareva impossibile raggiungere con altre donne.

E poi, come succede nei film, ma anche molto nella vita, è squillato il telefonino, ed era lei. La prima volta che mi chiamava da piú di un anno.

19.

La conversazione è stata breve. Marta piange al telefono e Andrea è steso sul letto accanto a Vittoria, non si sente libero di parlare, anche se la poverina, che ha capito subito chi singhiozza dall'altra parte, è pronta a uscire dalla stanza, ad andare sul terrazzino o direttamente giú in strada, a scomparire. Ma Andrea riattacca quasi subito, si riveste, infila le scarpe in un istante, le dice:

– Ci credi che è in vacanza anche lei qui?

Vittoria mette una mano davanti alla bocca.

– Non è possibile!

– Ci ha visto questa mattina al mare, dice che altrimenti non mi avrebbe mai disturbato... L'hanno chiamata da Parigi: è morto il padre e non c'è nessuno che si occupi del funerale. Inoltre ha lasciato una casa e dei soldi per lei, deve andare e non se la sente.

Vittoria sospira.

– Ti chiederà di accompagnarla. Vai tranquillamente, io rientro da sola.

Andrea la fulmina.

– Non se ne parla proprio, non mi chiama per un anno e ora devo accompagnarla dal padre morto, che non ho neanche mai conosciuto! Aspettami qui e scegli il ristorante per stasera.

E ora sono in un bar, in silenzio. Marta ha gli occhi rossi, il viso tirato, Andrea sente invece un gran benessere lí, seduto di fronte a lei, non è agitato, potrebbe restare in silenzio per molte ore, assaporando la sensazione di averla vicino. Marta si è accesa due sigarette una dietro l'altra, non riesce a fissarlo negli occhi, vorrebbe andarsene ma è lei che gli ha telefonato e poi il pensiero del padre, del viaggio, dell'incontro con quel morto che non sa neanche chi sia, le fa salire il panico. Resta seduta e non sa da dove cominciare. Dopo avere ordinato due caffè, averle teso un kleenex rosa con i cuoricini della vomitosa che chissà perché si è trovato in tasca (e che Marta ha osservato un attimo prima di soffiarsi il naso), Andrea pensa che con qualcosa bisogna cominciare.

– Quando è morto?

– Ieri.

– Da solo?

Lei annuisce.

– Non viveva piú con nessuna donna da tanto tempo, aveva un'infermiera tutto il giorno, aveva i soldi, poteva permettersela. Comunque è morto di notte, senza di lei.

– Hai prenotato l'aereo?

Annuisce di nuovo. C'è un lungo silenzio in cui si fanno domande e si danno risposte, cosí alla fine Andrea dice solo la sintesi.

– Non posso, non voglio, non desidero accompagnarti. Non ci siamo parlati per un anno, tu non hai mai voluto incontrarmi, ora l'angoscia di vedere tuo padre morto è piú forte di quella di vedere me, è cosí?

Marta ci pensa e poi annuisce, è sincera.

– Non devi accompagnarmi, ho prenotato solo un posto. Ti ho visto questa mattina in spiaggia, non avevo voglia di incontrarti, non posso parlare di tutto quello che vuoi, non ci riesco ancora. Quando mi è arrivata la telefonata, ho capito che potevo dirlo solo a te e sapevo che tu eri qui. Cosí ti ho chiamato, ma non ho mai pensato di domandarti di lasciare quella...

– Vittoria...

– E venire con me a Parigi.

Andrea raccoglie col cucchiaino lo zucchero in fondo alla tazzina. Marta sorride perché quel gesto lo conosce.

– Sarà dura per te rivederlo da morto, dopo tutta la vita in cui ti è mancato. Ti farà impressione, magari puoi chiedere di non...

– Devo riconoscerlo...

Lui ci pensa.

– Riconoscerlo, in questo caso suona ancora piú strano, perché non sai neanche se potrai farlo. Quanti anni aveva quando se ne è andato?

– Trentotto.

– E ora?

– Ottantaquattro.

Andrea sospira.

– Non puoi riconoscerlo, a meno che non abbia un neo da qualche parte o una cicatrice... sarà il corpo di un vecchio malato e sconosciuto.

A lei viene di nuovo da piangere ma si trattiene. Lui cerca di non guardarla, non si vuole intenerire.

– Sei... sola qui in Israele.

Marta ci pensa, deve dire la verità? Che poi in realtà in quel momento è sola. Ha parlato con Emanuele, gli ha detto del padre e che sarebbe partita subito.

– Sí, sono sola.

Andrea tossicchia.

– A te è sempre piaciuto viaggiare da sola. A me no, mi mette tristezza, soprattutto gli alberghi, la colazione al mattino... lo sai.

Marta sorride, gli dice in silenzio: non ti devi giustificare, e aggiunge ad alta voce:

– Io non sono in albergo, un amico mi ha prestato la sua casa.

Un amico, pensa Andrea, quanti amici abbiamo tutti. E lei che ci farà con questo amico? Impossibile chiederglielo.

– Come posso aiutarti, Marta?

Lei si strofina il naso con il kleenex di Vittoria.

– Già che sei qui, che non mi chiedi niente di noi, mi aiuta tanto.

Andrea diventa nervoso.

– Non voglio parlare di noi infatti, ma a te sembra normale?

Marta strizza la bocca.

– Delle cose te le ho dette...

– Sempre le stesse, una specie di mantra che ripeti ai figli: sento il bisogno di stare da sola, non posso stare con lui, che sarei io, non posso spiegarlo meglio di cosí.

Marta prende un'altra sigaretta. Andrea le ferma la mano.

– Basta.

Marta lascia il pacchetto, parla a bassa voce.

– Ho avuto delle crisi di panico nell'ultimo anno. Accanto a te, non trovavo il mio posto, non sapevo neanche bene chi ero...

– Ma sai che ti è già capitato di sentirti cosí, insieme avremmo potuto...

Marta quasi urla.

– Insieme, non posso!

Andrea non la guarda.

– Le cose sono semplici, Marta: non mi ami piú, vuoi sentirti libera. Possiamo dire cosí?

– Se vuoi, anche se è piú complicato, ma potrei dirti cosí.

Andrea si alza, prende sul tavolo lo scontrino per pagare. A Marta sale di nuovo il panico.

– Dove vai?

– Torno in albergo, e tu nella casa del tuo amico a fare la valigia.

Marta si alza, gli afferra una mano. Andrea chiude gli occhi, quanto tempo che non la sentiva. La toglie dalla sua.

– Non andartene subito, facciamo due passi, vuoi? Poi ti lascio libero.

Questa volta è lui a alzare la voce.

– Io mi ci sentivo libero! Non ho bisogno di essere solo

per sentirmi libero! Anzi, da quando sono solo, cerco amici, amiche, dipendo da una telefonata! Ogni sera mi devo inventare qualcuno... bella libertà!

Marta raccoglie la borsa.

– Io invece non mi sentivo libera con te, per niente! Per te era chiaro tutto, quello che eri, quello che volevi fare, piú era chiaro per te e meno per me... mi acchiappavano al collo le tue certezze... io non posso, non voglio discutere, non voglio mai piú avere paura di essere come sono...

Corre fuori. Andrea paga, la rincorre, la prende per un braccio con violenza.

– Eh no, tu non puoi fare cosí! Mi telefoni, interrompi la mia vacanza, e poi appena c'è un contrasto, fuggi.

Marta lo spinge via.

– Non posso, non posso litigare con te... È morto mio padre...

– Non me ne frega niente! Era uno stronzo, uno che da un giorno all'altro se n'è andato e non ha mai piú voluto vederti, come tu fossi l'ultima della terra, era un pezzo di merda, era già morto da tanto tempo... la stessa cosa che hai fatto tu d'altronde, nei miei confronti...

Si allontana da lei furente, ma poi si ferma e si volta di nuovo, la guarda. A Marta trema il labbro e questo lui non lo sopporta. Torna indietro, l'abbraccia e lei ci sta, anche se è tutta rigida e ha paura, e lui sa che è pronta a staccarsi di nuovo, ma per un po' resta cosí e lui si sente felice, temporaneamente.

Il giorno dopo fanno tutti le valigie: Vittoria, Andrea e Marta, e si salutano come tre amici all'aeroporto Ben Gurion. Vittoria stringe la mano a Marta e dà un bacio tenero sulla bocca ad Andrea davanti a lei, che distoglie lo sguardo. Andrea la fissa mentre si allontana con la sua valigia rossa, senza voltarsi. Marta gli sussurra:

– Mi dispiace, Andrea...

– Non dire cazzate...

E si mette a camminare verso il terminal con la sua andatura veloce e sicura, a lei tocca stargli dietro come sempre. Marta si addormenta subito, al decollo, come è avvenuto in tutti gli anni di matrimonio. Andrea non ha mai potuto conversare con lei in un viaggio, se non mentre servono da mangiare. Un attimo dopo che hanno ritirato i vassoi, Marta dorme di nuovo. Come quando si stende al sole, una specie di annullamento o una difesa per non parlare troppo. Andrea è convinto che sia il sintomo di qualcosa, glielo ha anche detto una volta, ma ora non oserebbe. Che dorma pure. Lui le lancia degli sguardi ogni tanto, non esagerati, se si sveglia e se ne accorge può essere che le riprenda quella stretta al collo che sente quando sta con lui. Mentre lei dorme con la bocca semiaperta, lui ripete a se stesso:

– Non stai insieme a lei, è solo un viaggio in cui l'accompagni per aiutarla in una situazione difficile. Non devi mai pensare, neanche per un istante, che vi rimetterete insieme. Mai crederci, mai immaginarlo, mai sperarlo, altrimenti sei fottuto.

E poi, all'improvviso, si sente fluttuare come l'aereo tra le nuvole, è staccato da lei, dalla solitudine, dalla mancanza, leggero vaga col pensiero oltre la situazione in cui sono, ha solo la percezione del suo corpo, seduto accanto a lei che dorme. Niente da pensare, niente da sapere sul loro futuro, nulla che si possa ottenere con la volontà. Chiude gli occhi, si addormenta e non vede che lei ha aperto i suoi e lo sta guardando.

20.

Le due gravidanze, come due appuntamenti fatali, vanno avanti inesorabili. La nascita è come la morte, una volta messo in moto il processo bisogna andare fino in fondo, i bambini devono uscire, non si possono rimandare indietro. Tutti i giorni chiamo mia figlia.

– Ancora niente dolori? Mamma che dice?

Glielo domando anche per avere notizie di Laura. Le ho telefonato una volta senza successo. Al mio messaggio: «Vorrei sentirti. Come stai?» ha risposto con due parole: «Tutto bene».

Di notte sogno l'altro, il guastatore, il maschietto che mi rovinerà la vita. Certe volte si presenta senza volto, è piccolino, si appende alla mia gamba e si fa trascinare. Cerco di scuoterlo, di cacciarlo via, allora diventa adulto e sembra mio figlio Francesco, ma continua a non avere lineamenti e mi vergogno a passeggiare con lui, ci fissano tutti e alcune donne svengono guardandolo. Gli chiedo di andarsene, di lasciarmi in pace e lui mi risponde con la voce che gli esce direttamente dalla testa, roca e enfisematosa, come quella di Lord Fener, il padre cattivo di *Star Wars*.

– Io sono tuo figlio, – ansima.

Mi sveglio tutto sudato e mi ci sento io il padre cattivo che duella col figlio per farlo fuori. La compagnia con cui passo le vacanze non mi aiuta. Valentina mi ha invitato al mare, a Sabaudia, in una casa sulla spiaggia dove va ogni anno. Sono l'unico uomo. Le sue due amiche sono belle e gentili. Una è tonda e ridanciana, brunetta con la frangia e le lentiggini, molto simpatica. L'altra è piú fatale, magra, lunghi capelli castani, occhi celesti. Tutt'e tre single. Il mondo sembra diventato un posto per uomini e donne soli, il sesso un ricordo lontano. Quando si cambiano il costume o si fanno la doccia sulla spiaggia mezze nude, non so dove guardare. È la legge del contrappasso: tre donne intorno e non poter fare l'amore con nessuna. La proibizione di Valentina si estende anche alle altre: conoscono bene Sara, non mi sento tranquillo. Cerco di rendermi utile e gradevole: faccio la spesa, preparo cocktail la sera e spero di non essere giudicato troppo male. Nuoto da solo e mi chiedo cosa dicono di me quando non sono presente: uno che ha lasciato la moglie, che poi si è ammalata, che ha messo incinta l'ex amante e non vuole sapere niente del bambino, che sta per diventare nonno e vuole fare il ragazzino. Gli argomenti piovono su di me come gli schizzi d'acqua delle mie bracciate, mi sento un mostro, un pervertito. Allora torno da Valentina. È stesa sulla spiaggia, quando esco dall'acqua si alza sui gomiti, stordita dal sole.

– Hai nuotato tanto!

Il suo modo di parlare tranquillo ferma la tachicardia, cancella la vergogna. È una sorella che condivide la mia situazione complicata. Le discussioni la sera, sulla terrazza davanti al mare, mi sembrano irreali. Beviamo molto. Mai parlato cosí tanto con delle donne. Sono sospeso in un limbo, nell'attesa di una telefonata da Roma. Dopo aver chiacchierato di noi, raccogliamo piatti e bicchieri, puliamo insieme la cucina, un bacetto e ognuno a dormire nel suo letto.

La tondetta è stata sposata una volta, si è separata, non ha figli, ama soprattutto il suo lavoro di psicanalista, che ha raggiunto dopo molto studio e pratica. È il nostro riferimento psicologico, a lei chiediamo le ragioni di quello che ci è accaduto nella vita, ma lei si rifiuta di rispondere.

– Mi succede sempre, le persone vogliono sapere da me cosa devono fare. Per questo motivo non mi piace dire che lavoro faccio. Quello che vi posso dire però è che ho moltissimi pazienti che cercano compagnia, uomini e donne, e mi chiedo sempre perché fuori non si incontrino. Ma in un certo modo lo capisco, anche io sono nella stessa condizione.

La storia piú importante l'ha vissuta con l'uomo per cui si è separata, che alla fine è tornato con la moglie.

– Ma ora ho saputo che si è separato anche da lei, – ha aggiunto.

Le ho fatte ridere con l'idea che siamo come le paperelle nel tiro a segno di una grande fiera, sfiliamo a coppie e qualcuno dall'esterno ci impallina uno dopo l'altro.

L'amica fatale è piú riservata. Valentina mi ha sussurrato:

– È bella, ha avuto un sacco di relazioni ma sono finite tutte.

La grande attrazione delle nostre serate sono le storie dei pazienti che ci racconta la psicanalista, senza fare nomi ovviamente. L'umanità è disperatamente sola. Le donne giovani cercano un compagno e non lo trovano, quindi non fanno figli. Gli uomini della stessa età si spaventano alla prima prospettiva di vita insieme e fuggono. Le donne mature senza uomini spesso diventano lesbiche e si iscrivono a viaggi collettivi. Le piú furbe trovano compagnia sui siti di incontri. Le piú forti vivono bene sole. Gli uomini anche. Le famiglie allargate reggono poco come le altre, i figli vagano da un genitore single all'altro. E tutti parlano del desiderio di amare e di essere amati ma nessuno sa piú veramente cosa significa.

– Ho un paziente a cui sono molto affezionata, una lunghissima analisi che forse sta finendo, una delle poche che andrà fino in fondo. Quest'uomo è stato sposato due volte, ha due figli dai due matrimoni, ora vive da solo, ha delle compagnie saltuarie con cui esce, fa l'amore, qualche viaggio. Ma ha avuto tutta la vita una donna fissa nella mente, una che non ha mai incontrato, la sogna, ne parla. Descrive esattamente i lineamenti, le forme del corpo, fantastica sulle sue carezze, su una vita immaginaria che potrebbero fare insieme. Gli ho chiesto: «Cosa fa di speciale per lei questa donna?» Mi ha risposto: «Non esiste». Ne è consapevole, questo è il punto a suo favore. Con lei elimina ogni contraddizione, ogni dissidio, ogni difficoltà. Lentamente, seduta dopo seduta, questa donna immaginaria ora sta svanendo, si sgretola come una statua di sabbia, come quei giochi dei bambini in spiaggia. Il mio paziente ne soffre, ha paura di aprire un vuoto dentro di sé, ma allo stesso tempo è molto incuriosito all'idea di vivere senza di lei, di essere, per la prima volta nella sua vita, solo di fronte alla realtà.

Mi sale all'improvviso una paura, mi batte il cuore, non ho idea del perché.

– Cosa vuol dire per lui questa donna? Pensi sia la madre?

Lei scoppia a ridere.

– Mi sa che questo è il problema tuo, Piero. Nel suo caso è la creazione di una compagna immaginaria, come fanno certi bambini dai tre ai sei anni, un essere inventato con cui giocano e vivono una vita parallela. Solo che lui ne ha cinquanta... ma non importa l'età, l'importante è che piano piano questa compagnia fantasticata scompaia, in modo che lui possa vedere e incontrare finalmente senza paura le donne come sono e tutti gli altri essere umani in carne e ossa, che parlano, interagiscono, litigano, amano e cambiano.

La notte non ho dormito, Laura era sempre davanti a me, come la donna di sabbia del suo paziente. La rivedevo in mille situazioni della nostra vita insieme, giovane e poi con i primi segni dell'età sul viso e sul corpo. Senza bambini intorno, solo lei, che si muoveva, camminava, si fermava, guardava, mi parlava, si vestiva, si spogliava, dormiva e si svegliava la mattina accanto a me. Mi sono alzato con una nostalgia di lei che non avevo mai provato e la sensazione di doverla vedere subito, anche per poco, ma subito. Ne ho parlato con Valentina. Ci eravamo incamminati sulla spiaggia per una delle nostre passeggiate mattutine, prima che facesse troppo caldo, e le ho raccontato la mia nottata. Come sempre, prima ha taciuto, lei riflette, non le piace darmi risposte affrettate. Poi ha risposto con una domanda.

– Quando vi siete conosciuti, chi dei due ha scelto l'altro?

– Non lo so, eravamo a una festa, passeggiavo nel giardino, lei mi ha fermato con una battuta, ma poi io mi sono seduto lí accanto e mi è piaciuta subito, era diversa da tutte le donne che avevo conosciuto prima. Ma certo, se Laura non mi avesse rivolto la parola io non credo che l'avrei notata, era anche seduta su una panchina al buio.

– Dunque ti ha scelto lei, e non aveva nulla delle cose che ti piacevano nelle altre ragazze.

Ormai Valentina mi conosceva bene.

– Sí, è probabile. E anche per il matrimonio, quando aspettava il primo figlio, mi sembra che sia stata sempre lei a scegliere, ma a me in definitiva piacevano le sue scelte, almeno all'inizio. Poi sono arrivati altri due bambini, la casa piena di lei e di loro... non mi sembra di essere mai stato piú al centro della sua attenzione. Non sentivo piú che mi amava, o almeno era come se l'amore verso di me poi tornasse a lei.

– Normale...

Avevo appena attraversato e schiacciato con piacere il castello di sabbia di un bambino che la risacca non aveva distrutto.

– Come normale?

– Non so, non ho figli, ma mi pare che solo l'amore materno resta sul bambino, si esaurisce lí, come fosse a perdere, come quando gli dai il latte o la pappa. L'amore per un uomo, quello un po' lo conosco, torna a te perché ti riempie di soddisfazione, di gioia, di contentezza. Ti senti bella e piena quando ami qualcuno. Perché non dovrebbe essere cosí? Va e viene da uno all'altra, è normale. Solo quello della mamma è in un senso solo.

Mi sono bloccato davanti a lei.

– Cioè tu mi stai dicendo che io ho sempre voluto da lei un amore materno?

È scoppiata a ridere.

– Non lo so, questo lo devi chiedere alla psicanalista del gruppo!

Siamo tornati indietro, la mia ansia cresceva. Dovevo tornare a Roma, usare la nascita della nipotina per chiamarla, per vederla. Forse per la prima volta nella nostra vita avrei potuto sceglierla io.

21.

Mi guardo nello specchio del treno e non mi riconosco. Ho la pelle tesa, lo sguardo luminoso. Cammino tutte le mattine sui navigli e ho iniziato a farlo anche a Roma. Una volta alla settimana vado avanti e indietro, ormai il treno è una seconda casa. Anzi, la terza. Dal finestrino vedo passare la pianura padana, l'Appennino, la campagna toscana ordinata e triste, i colli dell'Umbria, le pecore che brucano i prati laziali bruciati dal sole. In ordine contrario al ritorno. Lo spostamento è diventato abituale, e ci sto bene. L'ospedale in cui mi curo è solo una tappa di questa mia rinascita. Mi piace arrivare nelle due stazioni. In quella di Roma, mi vengono incontro i ricordi: i ritorni dalle vacanze in montagna, Piero che mi viene a prendere, il mio passato. Quando il treno si ferma a Milano, scendo e so già dov'è. Mi aspetta sempre nello stesso punto, oltre la barriera del controllo dei biglietti, ma da lí lo vedo: appoggiato alla colonna, accanto alla scala mobile, mi sorride e mi viene incontro. Mi dà un bacio sulla guancia e mi prende la valigia, anche se è leggera. Lo fa perché sa quanto ho bisogno di essere aiutata e protetta. Non ho mai voluto che mi accompagnasse in ospedale né gli ho mai raccontato i dettagli della mia malattia. Ne abbiamo parlato varie volte, a lui sembra inaudito che io mi curi da sola. Gli ho risposto inventando una specie di favola. La mia fantasia è scatenata in questo periodo, ho anche iniziato a scrivere dei racconti per bambini.

Eravamo sul letto del mio minuscolo appartamento, c'era ancora l'odore del suo spezzatino con i funghi, mi teneva stretta al suo corpo che inizio a conoscere.

– Ognuno di noi nasce con una sacchetta, accanto al cuore. È la sacchetta del dolore. Le radiografie non la mostrano, appare invece se ti metti dietro un lenzuolo bianco, fai buio intorno e illumini il tuo corpo nudo dietro il telo di lino. Allora la vedi: ha la forma di un grande fagiolo, piú o meno della stessa dimensione per tutti. La tua è completamente sgonfia. Quella di altri ancora piena. Alcuni fortunati muoiono non avendola quasi mai aperta. Ma ci sono bambini che nei primi anni l'hanno già tutta consumata. Tu l'hai esaurita per tua moglie, giorno per giorno, ora per ora. E ci mette anni a riempirsi di nuovo. Ogni risata, ogni ora senza pena, si gonfia un po'. Ci vogliono tempo perso, lunghe dormite, mangiate, bevute, letture, lavoro senza altri pensieri, leggerezza, amici, figli, amore.

Mi ha dato un bacio sul collo, facendomi il solletico con la barba.

– E allora per te non posso fare niente?

– Venirmi a prendere alla stazione, per esempio.

Agosto, i suoi figli sono partiti e lui ha detto che andava a fare un viaggio da solo, non sapeva ancora dove. Si è trasferito a casa mia. La convivenza che Marta non poteva sopportare, che manca ad Andrea e che ha fatto fuggire Piero, è per me un piacere grandissimo. Forse sono nata fuori epoca, ma svegliarmi con un uomo nel letto mi sembra un regalo del cielo. Le noie quotidiane, le interruzioni del pensiero, le abitudini diverse – ci mette tantissimo a lavarsi, prende solo il caffè a colazione, non ama parlare al mattino, mi fissa quando leggo, la partita in televisione (le vede tutte) è sacra, e ovviamente russa come tutti gli uomini – sono limiti meravigliosi alla libertà e alla solitudine che ho attraversato quest'anno. C'è un altro accanto a me. Fischietta nel bagno e quando cucina; se studia la sera è concentratissimo, se ci fossero un terremoto o un bombardamento non li sentirebbe. Mi ha insegnato a lasciare il bagno in disordine, a smettere di piegare i vestiti, mettere in ordine i libri, le carte, lavare subito le tazze della colazione.

– Non ci sono bambini qui, Laura, solo due adulti e nessuno tocca nulla.

La libertà di essere in due! Piero e io abbiamo vissuto senza figli solo per un breve periodo. Cosa ci siamo persi! È una pacchia. Siamo come due fidanzati che ci provano, non sanno quanto reggeranno ma intanto se la godono. Non parliamo d'amore, non sappiamo piú cosa sia, ne abbiamo dato troppo. La sera usciamo a passeggiare. La città è deserta, bar, ristoranti, cinema, tutto chiuso. Ci sembra di essere l'ultima coppia esistente al mondo. Davanti alla Scala, locandine di concerti passati. Qualche mostra aperta per turisti stupiti della desertificazione della città. Per noi è la felicità. Chiacchieriamo o stiamo zitti, camminando a braccetto o scostati, come ci pare. Il giorno chiudiamo le imposte e giriamo mezzi nudi, abbracciandoci ogni tanto. Facciamo l'amore senza pensarci, quando capita.

Qualche volta però il piccolo appartamento è sovraffollato. Me ne accorgo da una sua esitazione, quando mette su la macchinetta del caffè e alla radio c'è un pezzo di musica che per me non vuol dire niente. Vedo Valeria accanto a lui, gli sfiora la mano, lo bacia sul collo, gli accarezza i capelli. Gli si velano gli occhi anche se li nasconde. Piero invece arriva sempre all'improvviso, dispettoso com'è lui. Tira il lenzuolo del letto mentre lo rifaccio, ride perché non riesco ad aprire la bottiglia dell'acqua o un tubetto di crema, mi accarezza i capelli davanti allo specchio, chiude la porta a chiave e facciamo l'amore sperando che i figli non bussino. Quand'è cosí sento che siamo in troppi, la casa è stretta per quattro persone, allora esco da sola. Cammino, spingo i piedi avanti con forza, piango dietro gli occhiali da sole, non mi ricordo cosa ci abbia allontanato e perché lui sia incapace di vedere la bellezza di una convivenza libera senza figli, perché non è piú possibile avere una sola vita trasformandola, invece di gettarla via. Poi torno a casa, e sul tavolo ci sono dei fiori in un vaso e un biglietto con una calligrafia che non conosco: «Ricordati che può anche darsi che noi siamo il passato e loro il futuro. Allora commuoviti un po' per noi per favore, forse ci stiamo lasciando! Lo spazio tempo è molto creativo».

Lo abbraccio e ci mettiamo a ridere come la prima volta che abbiamo fatto l'amore.

Una volta alla settimana vado a Roma. Lucrezia è l'unica dei figli rimasta in città col marito, ogni giorno va in ospedale per i controlli, il termine è passato ma non ha ancora i dolori. Cosí è per il primo parto. Prima di ferragosto siamo andate a comprare la carrozzina, i pigiamini per la bambina, il bagnetto.

Quando ero all'ottavo mese di Sandra, Piero era in viaggio per lavoro. Non avevamo comprato nulla, per scaramanzia, per inesperienza, era la prima figlia. Mi aveva chiamato una sera da fuori, mi ero messa a piangere.

– E se nasce stanotte, dove la metto a dormire?

Mi aveva preso in giro, ma appena rientrato ci eravamo precipitati a comprare tutto. Lui l'aveva chiamata «la mia ansia da nido».

Lucrezia ha paura di soffrire. Le ho promesso che starò lí con lei per tutto il parto e insisterò per farle fare la peridurale. Piero mi ha chiamato una volta, ma ho deciso di non rispondere. Di lui non so niente, solo che è in vacanza con delle «amiche». È libero, e giustamente ne approfitta.

– Mi chiede sempre di te, mamma, vuole sapere come stai, come va la cura.

Ho sorriso a mia figlia, deformata da una pancia monumentale.

– Digli che sto bene, è la verità.

Lucrezia non indaga, neanche Sandra e Francesco. Prima si erano augurati che mi rassegnassi alla separazione, ora temono che sia per sempre, che mi trovi subito un nuovo compagno.

E poi è arrivata la telefonata, sono saltata sul primo treno per Roma. Roberto era fermo davanti al finestrino, sembravamo due innamorati che si stanno separando per sempre. Quando il treno si è mosso, l'ha seguito per un po' con una piccola corsa buffa, agitando la mano, come avesse dimenticato di dirmi qualcosa.

22.

Laura è con la figlia da molte ore. I dolori sono sempre piú frequenti, Lucrezia chiude gli occhi, respira. L'hanno messa a sedere su una grande palla di plastica. Durante le contrazioni soffia e rotola per la stanza spingendosi con i piedi. Laura ha ripensato alla sua nascita: ha immaginato di contenere di nuovo, come una matrioska, lei e la sua bambina. Di soffrire al posto suo. Quando si stende sul letto il marito le tiene la mano, è spaventato ma non lo mostra.

Laura ha incrociato Piero che saliva le scale correndo, pallido sotto l'abbronzatura, si sono scambiati un rapido bacio. Le è sembrato bello e in forma. Lui le ha detto:

– Stai benissimo! Sembri una ragazza.

Poi lei è scomparsa nella sala travaglio e Piero è rimasto fuori da solo. Sandra e Francesco sono in vacanza, l'hanno chiamato molte volte.

– Allora? Quanto manca?

Piero si è sentito escluso. Quando sono nati i loro tre bambini, lui era dietro le spalle di Laura e li aveva visti per primo. Li aveva tenuti in braccio ancora sporchi di sangue e liquido. Ora invece passeggia avanti e indietro nel corridoio come i padri di una volta. È normale, pensa, che ci stia Laura. Però non è d'accordo fino in fondo, sempre le madri protagoniste di tutto. Quando era nato Francesco, a Laura era andato via il latte. Lo attaccava al seno ma il bambino non prendeva nulla. Allora l'infermiera aveva consegnato a lui il biberon con l'aggiunta. Seduto in poltrona, di fronte al letto dove Laura si ricopriva il seno, lo agitava da lontano.

– Vieni qui dal tuo papà che ti dà il latte buono...

Laura era scoppiata a piangere e lui la fissava stupito. Piangeva? Una donna adulta? Com'era possibile? Per il latte? Piero non aveva capito allora il pianto della moglie, ma adesso, escluso dalla nascita della nipote, riesce forse a immaginarne la ragione. Tra lui e Laura c'era sempre stata sua madre. A momenti riusciva a vederla solo come una donna, la sua, ma spesso si sentiva imbrogliato, preso a tradimento, ricattato sentimentalmente, come era avvenuto con la madre: per questo l'aveva detestata e tradita, e aveva goduto quando arresa gli aveva teso Francesco e lui gli aveva dato il latte buono.

Ora la porta della sala parto si apre ed esce il marito di Lucrezia con la bambina in braccio. Piero si alza, si avvicina, guarda il viso minuscolo della prima neonata non sua. Cerca di dire qualcosa.

– Lucrezia sta bene?

Il marito ha il viso paonazzo di piacere e paura, cosí doveva essere la sua espressione subito dopo aver visto i suoi per la prima volta.

– Tutto bene, è stata molto coraggiosa.

Laura esce dalla sala parto, di nuovo Piero nota che è bella e luminosa, non sembra che sia stata malata. Gli si avvicina e gli chiede subito:

– Hai visto com'è carina?

Annuisce, anche se non ha mai trovato carino nessun neonato. È piú interessato a lei, a parlarle. Non la vede da molti mesi, è cambiata. Per la prima volta, Piero si chiede se stia con qualcuno. Non ci aveva mai pensato prima in modo concreto.

Restano soli nel corridoio davanti alla sala parto. Laura non guarda Piero, ha paura. Lui invece osserva dettagli del viso, delle mani. Ha dei sandali nuovi e le unghie dei piedi piccoli laccate di un rosa pallido. La pelle delle gambe è bianca, non è andata al mare. Forse per la malattia, per le cure. Balbetta:

– Mi dispiace...

Lei si volta sorpresa.

– Cosa?

– Che non ho potuto aiutarti, che non ti sono stato accanto...

Laura sorride, ha capito.

– Dici per la mia malattia?

Piero annuisce.

– Non devi dispiacerti, all'inizio sono stata male, mi sei mancato. A dire la verità mi sei mancato in un modo terribile. Avrei voluto avere un marito, soprattutto in questa situazione. Ma non ti sentivi piú di esserlo e dunque è normale...

Lui si stacca dalla parete a cui era appoggiato.

– No, forse non è normale... quando l'ho saputo, dovevo venire, ma ho avuto paura.

Laura sorride di nuovo.

– Tu hai sempre avuto un po' paura di me, vero?

Lui la fissa interrogativo. Lei ha un'aria cosí calma e tranquilla mentre glielo chiede.

– Come fossi sempre lí pronta a rimproverarti per qualcosa... ma io non sono cosí, Piero, sono proprio tutta diversa da cosí.

Piero è frastornato: quello che dice e il tono della sua voce non sono quelli di Laura, cosa le è successo? Con la stessa calma gli propone:

– Usciamo da qui, vuoi? Avverto Lucrezia che andiamo a prenderci un caffè.

Niente caffè, a Roma in agosto non c'è un bar aperto. Si siedono su una panchina all'ombra, in uno spiazzo brullo davanti all'ospedale, reparto maternità, cosí è scritto sulla facciata con delle grandi lettere blu al neon. Sono le nove del mattino e fa già caldo. Laura tira fuori dalla borsa un pacchetto di mentine, glielo porge. Piero ne fa cadere una decina sul palmo della mano e le ingoia tutte insieme. Laura sorride, è famelico, lo sa. Piero fuori dall'ospedale si sente di nuovo fiducioso. Questa è la loro città, dove hanno sempre abitato, è nata la loro prima nipotina, bisognerà avvertire Sandra e Francesco. Tutto normale, un marito, una moglie, seduti su una panchina dopo un parto. All'improvviso, si ricorda dell'altro bambino che deve arrivare, e del fatto che lui, proprio lui, un anno fa ha lasciato questa donna, che dunque non è piú sua moglie, e ora non è capace di mettere in ordine i fatti. Non si ricorda esattamente perché l'ha lasciata. Comunque meglio non parlarne adesso.

– Mi ha chiamato Andrea da Parigi, è lí con Marta, l'ha accompagnata, è morto suo padre, quello che se n'è andato quando era bambina.

Laura ci pensa.

– Si sono rimessi insieme?

Era la domanda che Piero voleva suscitare.

– Non so. Però non si sono mai incontrati dopo la separazione. Marta non gli ha mai spiegato fino in fondo perché ha voluto separarsi. Può essere un'occasione per parlarsi...

Piero la guarda e dopo un istante di silenzio aggiunge timidamente:

– Forse anche noi non lo abbiamo fatto davvero...

Laura alza gli occhi e finalmente lo fissa.

– Sí, hai ragione, anche quando ci siamo visti, prima che mi ammalassi, non volevo tanto sapere. Tu mi hai detto che non ti sentivi amato, che parlavamo sempre di cose esterne a noi, i figli e tutto il resto. Avevi ragione, Piero.

Lui la guarda stupito, si accorge che non ha voglia di avere ragione ora. La sua iride è cosí nera, quasi blu, a lui sembra di essere tutto dentro gli occhi di Laura, non può staccarsi dal suo sguardo.

– Sai, io ho sempre saputo, fin da bambina, che volevo viaggiare in due. Forse mi ci hanno cresciuta con questo sogno. Ma io desideravo proprio avere un uomo accanto a me per tutta la vita... ti rendi conto!

– Be', può anche essere un desiderio normale...

Lei scuote la testa violentemente.

– No, non è normale, per niente! È irrealizzabile! A Lucrezia dico sempre di crederci, malgrado la nostra separazione. Ma lo so che non si può piú stare insieme per tutta la vita, dobbiamo per forza passare ad altro. E poi comunque io ho completamente sbagliato il bagaglio del viaggio...

– Che vuoi dire?

Laura sorride, sembra una bambina che ha fatto un errore nel compito.

– Ci ho pensato molto quest'anno, anche durante la malattia, e anche ora che ho raggiunto la tranquillità...

Lui balbetta:

– L'hai raggiunta?

Lei annuisce.

– Tu e io, Piero, non abbiamo mai costruito un «noi». Tu non lo hai mai voluto. Io ci ho provato in tutti i modi, caricando il bagaglio di figli, famiglia, tua madre, la mia, case... ma non serve a niente...

Laura gli cita confusamente molti esempi della loro vita in comune in cui lui non voleva assolutamente mischiarsi a lei: dalla sua fissazione a fare sempre valigie separate, all'impossibilità di condividere regali, acquisti, pensieri, l'educazione dei figli.

– Hai ragione tu, ero io a tirarti verso il mio desiderio di avere una famiglia. Ma d'altronde forse non esiste proprio piú la possibilità di essere un «noi». C'è un «io» che incontra un altro «io» e restano sempre solo due «io», punto e basta, anche se fanno figli e vivono per un po' insieme. Ma ho capito anche un'altra cosa...

– Cosa?

– Che se non ci riesci prima, a costruire un «noi», quando sei sola con un uomo, prima dei figli, prima della famiglia... allora è inutile appesantire il bagaglio perché il viaggio a un certo punto s'interrompe per forza. Avevi ragione tu, lo riconosco.

Dio mio, quante cose aveva capito!

Ora Piero la vede, staccata da lui, dai figli. Laura in una casa senza giocattoli, senza disegni di bambini, senza tavolate. Solo due piatti, uscire quando si vuole, insieme o ognuno per conto proprio, vicini e lontani. Una specie di eden in cui poter finalmente vagare nudi, liberi, senza colpe.

Pensa alla loro prima casa, appena sposati, due stanze, un bagno, la cucina in cui facevano colazione insieme, una piccola terrazza. Le dice sorridendo:

– Ti ricordi la nostra prima casa, quando ci siamo sposati, a via Isidoro del Lungo… Ma chi è Isidoro del Lungo, poi?

Laura ride.

– Uno storico della letteratura italiana…

– Era allo sprofondo, la strada piena di buche…

Laura si intenerisce.

– Però era carina, avevo messo le tende alle finestre e il letto, avevo comprato una bellissima coperta… ecco che ricomincio…

Ricominciamo, pensa Piero, solo per provare, e dice:

– Forse potremmo vedere se è libera, in vendita o in affitto, riprenderla e ricominciare tutto da capo…

– Tu dici trasformare il passato in un futuro?

Lo sta prendendo in giro.

– No, certo, dicevo cosí per scherzare, lo so che non è possibile…

Laura lo interrompe.

– No, è possibilissimo invece… nello spazio tempo succede continuamente, sai, che il futuro diventi passato e viceversa…

Piero la guarda stupito.

– Stai studiando fisica?

Marta arrossisce e a lui batte il cuore. Dopo un momento, le chiede pieno di paura:

– Hai un amico, Laura?

Lei non ha un attimo di esitazione.
– Certo, e tu quante ne hai?
Lui fa segno di no con le due mani.
– Tutte rigorosamente platoniche.
Laura scoppia a ridere.
– Hai fatto un voto?
Piero pensa alla minaccia di quel figlio in arrivo, al ragazzino enfisematoso appeso alle sue gambe, sospira.
– Sí, in un certo senso.
Laura si alza.
– Andiamo da Lucrezia, che dici?
Si avvia verso l'entrata dell'ospedale e lui la segue. La vede superare la scritta Maternità, camminare avanti a lui, piccola e decisa, come una ragazza che va incontro alla vita piena di fiducia e di incoscienza.

Attraversando il corridoio verso la sala parto, Laura ha la certezza che la sua scelta era giusta, che con Piero sarebbe stato possibile fare il viaggio fino in fondo, se solo fosse partita con una piccola valigia mezza vuota.

23.

Non avrebbe mai immaginato che il padre abitasse in una casa come questa. Nel corso degli anni, dai dodici a ora, l'ha pensato con donne, altri bambini, seduto a tavola, sprofondato in una poltrona di pelle, con le gambe accavallate mentre leggeva il giornale, in un appartamento sofisticato, diverso da quello piccolo borghese in cui abitava con la madre. L'appartamento invece è minuscolo: una stanza da letto, un soggiorno studio, cucina, bagno. A terra pile di libri e giornali. In un angolo, la bombola dell'ossigeno, scatole di medicine sul comodino. Lui è steso sul lenzuolo bianco, ha un vestito marrone, i mocassini, senza cravatta. Le mani lungo i fianchi, pochi capelli in testa, il viso e il naso grigi. Marta si sforza di ricordare il padre in quella fotografia: in bicicletta, lei sul seggiolino davanti, lui con la gamba lunga a terra, elegante, sorridente, con i baffetti e gli occhi furbi da seduttore. Lei ha le treccine, il viso tondo, non sorride come lui. Ha ragione Andrea, potrebbero averlo sostituito con un altro, magari non è lui e il vero padre nel frattempo è fuggito di nuovo e lei continuerà a immaginarlo in altre case, con altre donne, o solo, come ora. La finestra è aperta, fa caldo. Andrea ha preso in mano la situazione, le dice di acconsentire alla chiusura della cassa. Marta annuisce. L'infermiera è andata via. Il padre aveva saldato tutto, anche il funerale.

Vanno insieme nel soggiorno, si guardano intorno. Libreria strapiena, arte, architettura, storia. Il padre esportava design italiano. Marta prende un libro dalla scrivania, un volume di storia dell'arte, da una pagina svolazza e cade a terra un biglietto, lo raccoglie. Guarda la calligrafia. Potrebbe portarlo a un grafologo, le descriverebbe il carattere di suo padre, le sue passioni, le sue debolezze, le direbbe chi era. Tutta la vita senza conoscerlo. Su un ripiano della libreria, la fotografia di una donna. I capelli a caschetto, guarda l'obiettivo e sembra molto felice. Verrà al funerale? O forse è morta anche lei. Questa stanza è strapiena di pagine ma nessuna le può raccontare qualcosa. Marta si siede su una poltrona di velluto lisa, la odora. C'è un profumo misto al tabacco, forse un dopobarba. Sul tavolino accanto alla poltrona, un paio di occhiali da vista e un'agendina.

– Sei tu?

Andrea è davanti a un piccolo disegno appeso accanto alla finestra. Marta si alza dalla poltrona con l'agendina in mano. Sí, è lei a cinque o sei anni, uno schizzo fatto da un pittore di strada. Chissà quando si sono fermati insieme in una piazza e il padre ha deciso di farle fare il ritratto. Marta non se lo ricorda, sfoglia l'agendina.

– Guarda, in ogni pagina ha annotato com'è andata la notte, se ha avuto dolori. «Notte buona. Niente sogni, sveglia alle 5». «Notte terribile, devo chiedere il raddoppio della dose».

Sfoglia i giorni, Andrea le va vicino, Marta legge:

– «Testamento fatto, tutto sistemato».

Ha il fiato corto, si siede in poltrona. Gli uomini chiamano Andrea, gli mostrano il lavoro finito: cassa chiusa, stanza in ordine. Escono, torneranno domani alle otto per portarla via. Li accompagna alla porta, poi si volta verso Marta che ha lo sguardo perso.

– Andiamo fuori a mangiare, – le dice.

Hanno camminato nelle strade intorno a Place de la République, alla ricerca di un bistrot. Sono stati a Parigi insieme molte volte, ma a Marta non piaceva l'idea che ci vivesse il padre. Una volta, ora Andrea se lo ricorda, aveva avuto un attacco di panico, era rimasta a letto un giorno intero. Ma aveva sostenuto che il padre non c'entrava niente, che per lei era morto da quando era bambina, aveva solo lavorato troppo e si sentiva stanca. Come sempre, accantonare gli argomenti, non andare a fondo, passare ad altro, come se il pericolo fosse condividere con qualcuno la propria paura. Il padre era riuscito a evitarlo fino all'ultimo. E Marta, ce l'avrebbe fatta? Da soli, nella propria mente, ora Andrea lo intuiva, è piú facile gestire la paura, in una vita se ne inventano di trucchi per farlo. Si annotano i fatti pratici della propria morte, per esempio. Non era un caso trovarsi insieme lí, era anzi la prova piú importante del loro matrimonio. Se ora lui avesse tentato di affrontare l'argomento, lei avrebbe risposto come sempre: non ce la faccio, non posso, non ora. Ma Andrea non aveva piú niente da perdere e in attesa che il cameriere portasse il cibo decise di dire tutto quello che pensava. Dopo, sarebbe stato in grado di lasciarla andare.

Ma non andò cosí. Fu Marta a parlare per prima, al bistrot e poi nella casa del padre. Passarono la notte svegli. Avevano chiuso la stanza dove c'era la cassa, ma la presenza era tra loro e si rivelò fondamentale per lei. La solitudine in cui suo padre era morto, l'assenza di qualsiasi amico accanto a lui, anche della donna della fotografia, il fatto che avesse cancellato fino alla fine la figlia e tutti gli anni passati con lei, diedero a Marta il coraggio di parlare di sé per la prima volta. Andrea l'ascoltava in silenzio.

Non c'era stato un solo momento della sua vita in cui non aveva avuto paura di farsi vedere com'era. Né da bambina, con la madre che le rimproverava di essere dura e chiusa come il padre, né con i figli che pensava di non amare mai abbastanza, né con lui che la colmava di progetti, affetto, calore che lei non poteva restituire mai del tutto. Fingeva di essere nel ruolo pienamente perché cosí pensava fosse giusto – lo facevano tutti: stare insieme, amarsi, fare figli. Ma c'era una zona dentro di sé di cui si vergognava, un posto distante, separato, solo suo, in cui faceva sparire tutti. Come quando era bambina e si chiudeva per ore nella sua stanza per non sentire la voce della madre, delle zie. Voci femminili con cui non si identificava, di cui aveva paura. Cosí il mondo per lei si era capovolto: la solitudine, il silenzio, l'assenza d'amore erano la salvezza. Il contatto profondo, la verità, le emozioni, portavano dolore, morte, abbandono. E parlarne era anche peggio, fare entrare qualcuno in quel suo rifugio nascosto significava perderlo, le dava il panico. Odiava il pianto della madre, l'esagerazione sentimentale, le lacrime, ma si commuoveva troppo facilmente anche lei, e non voleva essere nelle mani di nessuno.

Marta era seduta nella poltrona del padre, Andrea si era allungato sul divano sotto la finestra, non la guardava perché sentiva lo sforzo che stava facendo e voleva si dimenticasse che lui era lí. Lei raccontò di molti episodi della loro vita in comune in cui aveva subíto l'iniziativa di lui, la sua energia, molti altri in cui non si era sentita all'altezza. La fatica di doversi nascondere, di portare avanti il compito che si era prefissa: non fuggire. Ci era riuscita per molti anni, e poi aveva sentito solo quell'impulso, piú forte di ogni altro sentimento.

Andrea si era alzato, aveva cercato qualcosa da bere. Su un ripiano della libreria c'era il fondo di una bottiglia di whisky che divise in parti uguali in due bicchieri colorati presi in cucina. Bevevano e stavano in silenzio. Marta era spossata, non aveva mai parlato cosí tanto. Andrea rivedeva se stesso in tutti gli episodi che lei gli aveva citato.

– Che fatica! – le disse alla fine.

– Sí, una grande fatica...

– Veramente io pensavo alla mia.

Marta lo guardava stupita.

– Alla tua?

Andrea si era alzato, passeggiava per la stanza.

– Alla mia, proprio. Tutta la vita a cercare di portarti fuori dal silenzio: perché non parli? perché non rispondi?, a tirarti dalla mia parte e impedirti di fuggire, di farla troppo facile. Tu strattonavi e io tenevo: una fatica. Invece ho capito, ora, ascoltandoti, che mi piacevi proprio perché volevi fuggire, perché puoi stare sola e stai bene, perché non ti piace andare a fondo. Il contrario di quello che faccio io, sempre!

Si mise in piedi di fronte a lei.

– E allora, cara moglie mia, almeno una cosa l'abbiamo capita, ci siamo sposati per questo: io per riempirti e tu per svuotarmi, solo che non abbiamo rispettato il patto...

Le veniva un po' da ridere, guardandolo in piedi davanti alla poltrona, con l'aria del ragazzino che ha trovato la soluzione del problema.

– Quale patto?

– Quello che abbiamo fatto sulla nave. Alla fine l'avevo trovata la cabina, il comandante mi aveva ceduto la sua! «Sono in viaggio con la donna della mia vita, non posso non avere una cabina dove portarla...» Era un romantico e mi aveva dato la sua. Abbiamo fatto l'amore, con il rumore dei motori sotto il culo e il rollio forte del mare che ci sbatteva da una parte all'altra del letto. E abbiamo fatto il patto...

Marta aveva sbadigliato.

– Che patto? Non me lo ricordo.

Andrea aveva urlato.

– Mamma mia, questa non si ricorda niente!

– Shh...

Gli aveva indicato la stanza del morto. Andrea aveva abbassato la voce.

– Ma quello non sente piú niente... e poi un po' di casino non gli fa male, sempre solo, nel silenzio, che palle! Già che a te piace moltissimo invece, tale padre, tale figlia...

– Sono le quattro, Andrea... allora, qual era il patto?

Andrea si era lasciato cadere di nuovo sul divano.

– Eravamo entrati nella cabina: bellissima, letto doppio. E tu mi hai detto che ti era piaciuto cosí tanto fare l'amore con tutto quel movimento intorno, e allora ci siamo giurati che sarebbe stato cosí tutta la vita, come fossimo sempre in viaggio. E poi ho letto la scritta assurda su quel manifesto appeso alla parete, un marinaio che sembrava uscito dalla pubblicità del tonno e sul mare in tempesta c'era scritto: «Il mondo è fatto a tondo, chi non sa navigare va a fondo». Mi era venuto da ridere, avevo riso come un matto, e l'avevo anche annotata... ma forse tu non te lo ricordi perché dormivi, sí, ti eri addormentata di botto... come ti succede sempre in viaggio e anche al mare...

Si era voltato verso di lei: dormiva, acciambellata nella poltrona del padre, la bocca semiaperta. Andrea si alzò e chiuse le tende, la guardava, avrebbe voluto abbracciarla, ma non lo fece per non svegliarla e anche perché la vedeva, forse per la prima volta, staccata da sé, perfetta e diversa da lui, sentiva di amarla proprio per questo e non c'era neanche bisogno che lei lo sapesse.

Voci di bambini, ragazzi, madri, padri, nonni, festa, candeline, tanti auguri a te, allegria, mangiate, bevute, confusione, fuochi d'artificio, litigate, baci, abbracci, riappacificazioni sono la colonna sonora di Marta che dorme nel silenzio della casa del morto. Sogna o pensa ancora, non sa, che sta ristrutturando un'ultima casa, con molte stanze, per figli, genitori, un grandissimo soggiorno comune, librerie, studio, bagni, e, in fondo al corridoio, anche la camera della nonna che è venuta a vivere con loro. Colori alle pareti, letti, scrivanie, cucina, frigoriferi pieni di cibo, lavapanni, pentole di tutte le taglie, tre o quattro servizi di piatti e bicchieri, macchinetta del caffè per dodici, barattoli di marmellate, conserve. Eccola, è finita, perfetta, la percorre, fiera di averla progettata, c'è tutto, proprio tutto. E poi si accorge che lei è fuori dalla casa e la sta guardando in un grande museo etnografico, e il suo appartamento è accanto alla ricostruzione della caverna dei Neanderthal, con i fantocci di uomini pelosi e i cuccioli in braccio alle madri. Poco piú in là c'è l'unico ambiente del maso chiuso dell'Alto Adige, grandi e piccoli dormono vestiti accalcati intorno alla stufa, poi la casa contadina sarda, quella veneta... Marta è ferma davanti alla sua: nel corridoio c'è il manichino di Andrea sorridente con Antonio per mano già in pigiama. Lei è nel bagno, sta lavando la testa a Elisa di pochi anni, ridono insieme, immobili.

Indice

Le citazioni sono tratte da: *Siamo soli* di Vasco Rossi, *L'ordine del tempo* di Carlo Rovelli (Adelphi 2017), *A piena voce* di Vladimir Majakovskij (Mondadori 1991), *La pioggia deve cadere* di Karl Ove Knausgård (Feltrinelli 2017).

Stampato per conto della Casa editrice Einaudi
presso ELCOGRAF S.p.A. - Stabilimento di Cles (Tn)
nel mese di marzo 2018

C.L. 23825

Ristampa							Anno			
0	1	2	3	4	5	6	2018	2019	2020	2021

DT 0069972268
F7215
DA SOLI
COMENCINI CRI
1° ED-SPC
EINAUDI